學英文最快的方法，是從「天天用得到的英文」學起！

每天**3**行，寫小日記
練出好英文

天寫短句，訓練用「英文思考」的大腦，程度突飛猛進！

英語で手帳に
ちょこっと日記を書こう

神林莎莉——著
黃筱涵——譯

contents

每天 3 行，用英文寫小日記！　　4

用英文寫下各種生活　　6
・戀愛日記
・工作日記
・財務日記
・料理日記
・旅遊日記

選擇適合自己的手帳吧！　　13

掌握五原則，
用英文書寫你的小日記　　14

莎莉式中英文轉換練習　　18

本書的使用方法　　22

超萌插圖，妝點你的手帳　　24

PART 1

表達一天記事的
10 大基礎句型　　29

今天去了～

今天見了～

今天吃了～

今天看了～

今天聽了～

今天買了～

今天發了郵件／打了電話給～

今天和～約會了

今天享受了

今天完成了～

PART 2

繪製對話框
表達心情感受　　41

覺得開心／覺得悲傷

覺得喜歡／覺得討厭

覺得驚訝／覺得失望

覺得激勵／覺得煩躁

覺得悠閒／覺得焦急

單字篇　　52
人物外觀或個性

PART 3

依場景分類的
3 行小日記　　　57

我的生活日記

我的戀愛日記

我的工作日記

我的財務日記

我的出遊日記

我的興趣日記

我的美容健康日記

我的學習日記

PART 4

達成夢想與目標的
莎莉式圓夢日記　　　99

圓夢日記的書寫重點

戀愛夢想

工作夢想

財務夢想

學習夢想

美麗夢想

其他夢想

為心靈打氣的　　　120
英文名言 · 格言集

莎莉英文小時光

輕鬆記錄每一天，讓記憶更鮮活　28

學會使用縮寫，寫小日記更簡易　40

常用 5 個連接詞，寫出優美短句　56

在日記裡加上時間，提升緊迫感　98

附錄
生活隨手「寫」英文，
程度大躍進！　　　124

・訊息小卡

・親友書信

・月曆

・相簿

・社群網站文章

英文書信＆小卡書寫範例　　　129

寄信到國外／感謝小卡／生日卡片／
萬聖節卡片／情人節卡片／聖誕節＆
新年卡片／結婚祝賀／生產祝賀／喬
遷祝賀／就職祝賀

動詞單字索引　　　140
（依筆畫排序）

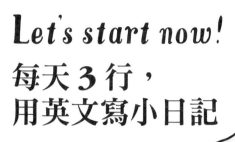

Let's start now!
每天3行，用英文寫小日記

Nice to meet you, everyone!

　　大家好，我是莎莉。身為英文會話老師，我一定會要求我所有的學生完成一道課題，就是書寫英文日記。

　　很多人以為，只有在學校才有練習英文的機會，但是，語言應該活用，而非死記，學習英文時更重視的是「熟能生巧（practice makes perfect）」。

　　因此，想要得心應手地運用英文，就必須養成在日常生活使用英文的習慣。這時，就是英文日記派上用場的時機了。

　　不過，我們不必洋洋灑灑寫下長篇日記，第一步只要在每天使用的手帳裡，藉著簡單的英文，從日常生活中的小事開始，表達自己對某件事情的看法或感想即可。

　　手帳本來就是寫給自己看的，所以不必害怕錯誤，也不用太在意文法，最重要的就是跨出第一步，開始動手寫英文日記。

　　當我們在手帳上，用英文記錄著日常生活中反覆發生的事情，這些單字、

句型，就會在不知不覺間存在腦袋裡。只要學會各種互相對應的中、英文，就能夠迅速地在腦海裡將「想說的話」，轉換成英文說出口。

因此，想要說出流暢的英文，就必須先練好書寫能力。在家自行學習英文，最適合藉著英文日記來練習這項技能。就算只是不起眼的小事情，也不妨抽空簡單地記錄在手帳上，並養成習慣。只要養成書寫英文日記的習慣，肯定能夠提升英文會話能力。

但是，該怎麼寫，才能夠加強英文呢？這是學生們經常提出的問題，祕訣就藏在本書裡。本書要介紹的莎莉式英文日記，能夠幫助讀者，養成愉快寫日記的習慣。從今天開始，我們一起練習英文日記吧！

Have fun!

神林莎莉

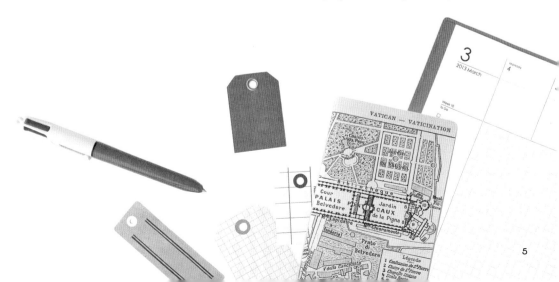

Let's try!

用英文寫下各種生活

翻開手帳，首先映入眼簾的就是每天的行程表。

無論在咖啡廳、捷運上，

不妨在空白處，用幾句簡單的英文，

隨手記錄今天發生的趣事，或感想

書寫的題材越五花八門，

腦袋裡的英文字庫就越豐富喔～

連預定行程都用英文寫，看起來就像老外的行事曆！

But ... wearing well all

All's well that ends well 😊

I liked 10 times on Facebook today

Honestly, I was tired. 😊

I went to Okutama with Ko chan ♥

I took a hot spring. I wanna go there again!

News Flash! Japanese team qualified for the

World cup! (soccer)

† Japan VS Australia   I got so

1 all   excited!

It was so successful!

Yeah! 😊

I had a nice bun of happiness ♥

手帳內容請參閱

• 掌握五原則，用英文書寫你的小日記

【週曆型手帳】▶P.16

7

戀愛日記

試著寫下聯誼或約會後的感想、對男朋友的思念等等。有些時候,用中文表達出來會害羞的語句、用英文書寫反而更加坦率,搞不好能提升戀愛熱度~

建議寫上每週或每月的目標(goal)。

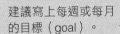

28th week | Monday /月

07

7
S M T W T F S
1 2 3 4 5 6
7 8 9 10 11 12 13
14 15 16 17 18 19 20
21 22 23 24 25 26 27
28 29 30 31

8
S M T W T F S
1 2 3
4 5 6 7 8 9 10
11 12 13 14 15 16 17
18 19 20 21 22 23 24
25 26 27 28 29 30 31

My goals of this month

♥ get a boyfriend!

♥ improve my feminine power!

8°

6:00 pm ~ mixer

♥ I met a cool guy!

We had chemistry

I wanna see him soon!

Thursday /木

11

7:00 pm ~ date with Osamukun / movie

Wow! He asked me out!

Of course, I said yes immediately!

How happy!

Friday /金

12

Ikeda kun asked me out!

Today, Ikeda kun ask me to be his girlfrie

I hope we can be good friend

將當天印象最深刻的事情,比如告白等等,寫成 3 行日記。(▶P.16)

8

用不同顏色的筆，將要強調的
話題框起來，增添趣味性。

Tuesday /火

9

7:00pm ~ girls' night out

> I talked with Yumiko
> about my love. We talked
> lots and lots.

I talked with Yumiko.
I asked her about Osamu
kun.

Yes, I'll call him!
☺

Wednesday /水

10

6:00 pm ~ go for a drink
with Osamu kun in Ginza

We just couldn't stop
talking ♡

I think I like him a lot.

But … well, slow down!

Saturday /土

13

date with
Osamu kun

stay overnight

We had a first date as
a couple today!

We watched a romantic
DVD.

Sunday /日

14

I want
with
longe

I'm so **happy** !!

He was so gent

Can't wai

生字表 word check

☐ my goal(s) of this month 本月目標
☐ improve my feminine power 提升女人味
☐ mixer 聯誼
☐ We had chemistry ! 我們之間產生了火花！
☐ girls' night out 姊妹聚會
☐ go for a drink 去喝酒
☐ He asked me out 他向我告白了
☐ immediately 馬上！
☐ stay overnight 過夜
☐ wanted to be with ~ longer 真希望能一直跟他在一起
☐ gentle 溫柔
☐ Can't wait! 我等不及了！

可參考

• 戀愛日記 ▶P.64
• 戀愛夢想 ▶P.102

工作日記

在工作規畫旁加上「順利完成」等字眼，就成為有特色的日記。反覆記錄運用來，自然能夠將與工作有關的英文單字背起來。

在便利貼寫上 To Do 或目標。

生字表 word check

- □ meeting 會議
- □ go straight to work 直接上班
- □ hand in my business plan 提出企畫
- □ Biz trip 出差
- □ work overtime 加班
- □ Biz entertaining 商業餐敘
- □ I got drunk 喝醉了
- ＊ Biz = business 的縮寫

可參考
- ・工作日記 ▶P.70
- ・工作夢想 ▶P.106

用一句話描述順利完成的工作或是反省檢討的事項。

財務日記

簡單記錄每天的收支狀況，或是寫下自己對開源節流投注的努力、存款目標等等，就可記住跟財務有關的單字。

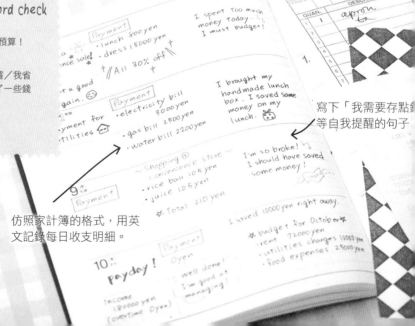

生字表 word check

- □ Payment 支出
- □ I must budget! 必須保留預算！
- □ I'm so broke! 超缺錢！
- □ saved some money 儲蓄／我省下了一些錢
- □ payday 發薪日
- □ electricity bill 電費
- ＊其他費用請參照 P.77。

可參考
- ・財務日記 ▶P.74
- ・財務夢想 ▶P.110

寫下「我需要存點錢」等自我提醒的句子

仿照家計簿的格式，用英文記錄每日收支明細。

料理日記

看到喜歡的料理食譜、餐廳的菜單等等，都可以用英文寫下感想，在愉快的心情下記住食材、料理等單字。

寫下當天料理的主題，可在文字設計上多花點巧思喔～

記下喜歡的菜單

寫下吃到美味食物時的感受。

September
18
WEDNESDAY

9 September
M T W T F S S
1
2 3 4 5 6 7 8
9 10 11 12 13 14 15
16 17 18 19 20 21 22
23 24 25 26 27 28 29

Pack a lunch

☆ wake up @ 6:00

↓ have a date with Tatsuya in the park

He said it was excellent!

Menu
○ Japanese omelet
○ Stuffed bell pepper
○ Rice with salmon
○ Mini tomatoes
○ Kinpira gobo

New recipe
Kinpira gobo
— ingredient —
○ One burdock (small size)
○ One carrot
○ Sesame oil, sugar/ each 1 big tsp
○ Soy sauce/ 1 small tsp
○ A little toasted sesame seeds

生字表 word check

☐ pack a lunch　做便當
☐ excellent　好棒
☐ Japanese omelet　章魚燒
☐ stuffed bell pepper　青椒鑲肉
☐ new recipe　新食譜
☐ ingredient　材料
☐ burdock　牛蒡
☐ sesame oil　芝麻油
☐ soy sauce　醬油
☐ toasted sesame seeds　熟芝麻
☐ big tsp　大湯匙

* tsp = teaspoon(s) 的 縮寫
*其他料理食譜相關單字請參照 P.84。

Born: Junichi Inamoto (1979), Takao Doi (1954), Greta Garbo (1905)
† Passed away: Jimi Hendrix (1970)

貼上拿手菜色的照片，使日記看起來更有趣！

可參考

・「今天吃了～」的基礎句型 ▶P.32
・料理日記 ▶P.83

旅遊日記

只要學會有關交通、住宿等必備句型，即可簡單書寫旅遊日記，將快樂的旅遊行程、回憶、感動，用英文保存記憶，也保留了豐富的資訊。

把感想寫在照片附近，打造出個人專屬風格。

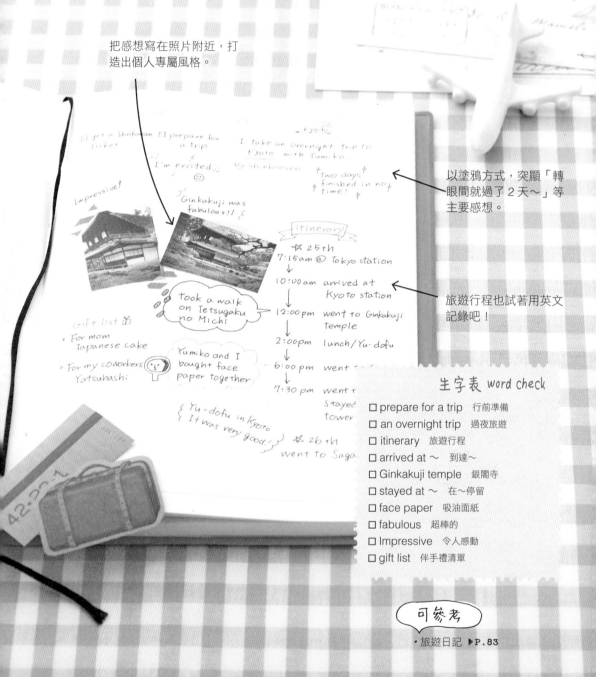

以塗鴉方式，突顯「轉眼間就過了2天～」等主要感想。

旅遊行程也試著用英文記錄吧！

生字表 word check

☐ prepare for a trip　行前準備
☐ an overnight trip　過夜旅遊
☐ itinerary　旅遊行程
☐ arrived at ～　到達～
☐ Ginkakuji temple　銀閣寺
☐ stayed at ～　在～停留
☐ face paper　吸油面紙
☐ fabulous　超棒的
☐ Impressive　令人感動
☐ gift list　伴手禮清單

可參考

・旅遊日記 ▶P.83

選擇適合自己的手帳吧！

剛開始準備寫英文日記時，不需要準備正式的日記本，反而可以選擇方便隨身攜帶、隨手書寫的手帳。另外一個必須特別留意的重點，則是手帳的空白處類型，應選擇便於寫日記的類型。

月曆型

建議挑選格子較大，可在預計行程旁寫上感想。也可以挑選下方有筆記欄的類型，填寫當月目標、1 行日記等。

單頁式週曆型

這類手帳的左頁為行程欄，右頁則為筆記欄，非常適合習慣每天記錄生活趣事、書寫 3 行微日記的使用者。

直式週曆型

若習慣每小時都記錄事情，可挑選直式時間軸的類型，並將感想、日記等寫在每天最下面空白處或右方筆記欄。

自由式週曆型

每日計畫的記事空間偏小，但中間空白區塊很大，適合依照日記內容，貼照片、畫插圖等等，排版也更加自由。

跨頁式週曆型

因為每天的記事空間很寬敞，在填寫每天或一周計畫的同時，也寫上簡短的英文日記，可以自由運用很方便。

日曆型

一頁一天的手帳可詳細書寫每天計畫，還可自由塗鴉、張貼照片，適合用來記錄料理、旅行等細節較多的內容。

掌握五原則！

用英文書寫你的小日記

在每天隨身攜帶的手帳上，用英文寫日記吧！掌握以下五個基本書寫原則，一邊提升英文能力，一邊寫出讓人心動的日記～

Monthly
月曆型

書寫原則 ①

用「一句」英文，寫下每日感想

月曆型手帳的空白處較少，比較適合寫簡短的日記。只要將原先寫好的行程當成標題，在旁邊寫下這個行程的感想，並用框線區隔開來即可。

若想寫的內容很多，應先從「一句日記」開始練習，只要在手帳寫上「臉紅心跳 lovey-dovey ♥」、「哇噢～ Yay ♪」等心情，就能夠毫無壓力地持之以恆。

在行程旁畫上塗鴉，可加深對英文單字的印象。 ▶ P.42

書寫原則 ❷

計畫書寫方式

只要以單字就能表達每個行程，例如英文課，只要寫「English lesson」。先試著寫出整段文章，就算省略主詞也沒關係。

· 用英文單字表達「計畫行程」。
· 時間應採用「12 小時制」，並附上 am、pm。
· 專有名詞的首字要大寫。
· 善用「@ = at」、「w/ = with」等縮寫，使文章較為精簡。 ▶P.40

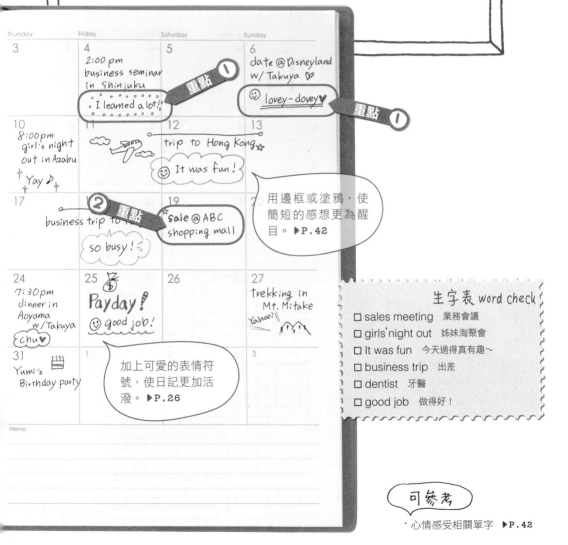

重點 ❶ · I learned a lot!

重點 ❶ ☺ lovey-dovey♥

用邊框或塗鴉，使簡短的感想更為醒目。 ▶P.42

重點 ❷

加上可愛的表情符號，使日記更加活潑。 ▶P.26

生字表 word check

- □ sales meeting　業務會議
- □ girls'night out　姊妹淘聚會
- □ It was fun　今天過得真有趣～
- □ business trip　出差
- □ dentist　牙醫
- □ good job　做得好！

可參考

· 心情感受相關單字　▶P.42

15

週曆型
Weekly

書寫原則 ❶

寫下今天最有趣的事情

有時想詳細記述一天趣事時，因為因不熟悉單字與文法而卡住。因此，可以先從簡短敍述開始練習，將趣事整理成一句話當作標題之後，就可以寫得比較順暢。

可參考

表達一天記事的 10 大基礎句型
▶P.30

書寫原則 ❷

日記只要寫 3 行就好了

逐漸習慣英文後，就要想辦法每天持續練習。不妨選擇空白處較多的曆型手帳，每天用 3 行英文句子寫日記。

可參考

・依場景分類的 3 行小日記 ▶P.58

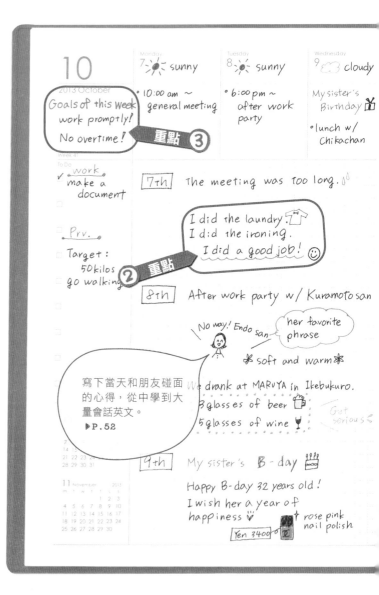

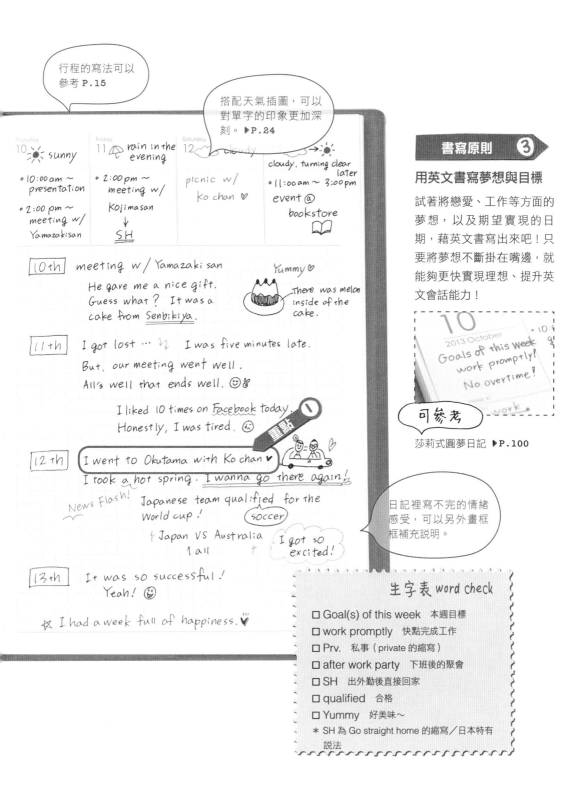

行程的寫法可以參考 P.15

搭配天氣插圖，可以對單字的印象更加深刻。▶P.24

Thursday
10 ☀ sunny
● 10:00 am ~ presentation
● 2:00 pm ~ meeting w/ Yamazaki san

Friday
11 ☂ rain in the evening
● 2:00 pm ~ meeting w/ Kojimasan
↓
SH

Saturday
12 ☁ cloudy
☀ cloudy, turning clear later
picnic w/ Ko chan ♥
● 11:00 am ~ 3:00 pm
event @ bookstore 📖

[10th] meeting w/ Yamazaki san
He gave me a nice gift. Guess what? It was a cake from Senbikiya.

Yummy ♥
There was melon inside of the cake.

[11th] I got lost … 💦 I was five minutes late.
But, our meeting went well.
All's well that ends well. 😊

I liked 10 times on Facebook today.
Honestly, I was tired. 😶

重點①

[12th] I went to Okutama with Ko chan ♥
I took a hot spring. I wanna go there again!

News Flash! Japanese team qualified for the World cup!
soccer
↓ Japan VS Australia
1 all

I got so excited!

[13th] It was so successful! Yeah! 😆

☆ I had a week full of happiness. ♥

日記裡寫不完的情緒感受，可以另外畫框框補充説明。

書寫原則 ③

用英文書寫夢想與目標

試著將戀愛、工作等方面的夢想，以及期望實現的日期，藉英文書寫出來吧！只要將夢想不斷掛在嘴邊，就能夠更快實現理想、提升英文會話能力！

10
2013 October
Goals of this week
work promptly!
No overtime!

可參考

莎莉式圓夢日記 ▶P.100

生字表 word check

☐ Goal(s) of this week　本週目標
☐ work promptly　快點完成工作
☐ Prv.　私事（private 的縮寫）
☐ after work party　下班後的聚會
☐ SH　出外勤後直接回家
☐ qualified　合格
☐ Yummy　好美味~
＊ SH 為 Go straight home 的縮寫／日本特有説法

想要流暢地寫出英文日記⋯

莎莉式中英文轉換練習

對於剛開始寫英文日記的人來說，將「想寫的中文」轉換成適合的英語詞彙，是件很重要的能力。只要掌握接下來要介紹的3種練習，自然能夠連英文會話能力一起大幅提升。

只要持續練習書寫英文，漸漸就能變成用英文思考的「英文腦」。

練習 1　　　將腦海中的話語切割成簡單的句子

重點　每個句子裡最多只有 **1 ～ 2 個**資訊。

Step 1　用中文描述要表達的內容

對於初學者，最難的是「如何用英文呈現中文原意」。假設今天準備寫下右方的內容，先練習將句子轉換成適合翻譯成英文的中文句型吧！

我今天在澀谷遇見由美子，才知道她上個月已經在夏威夷結婚了，嚇了我一大跳！

首先，先確認這段文章內含有多少資訊，將各個資訊區分開來，才能夠使每個句子更加簡單易懂。切記要遵守每個句子裡最多只有1～2個資訊的基本原則。這樣就能輕鬆地將中文轉換成英文了。

1 今天在澀谷遇見由美子。

2 她上個月已經在夏威夷結婚了。

3 嚇了我一大跳！

剛開始練習寫英文日記時，不必太在意生硬的語感。只要每個句子裡最多只有1～2個資訊，句子就能轉換成簡單的英文句型，最常派上用場的，就是國中時學到的S主詞＋V動詞＋O受詞（＋C補語）。

本書貫徹這個原則，遇到一篇文章的資訊量過多時，就會切割成數句結構簡單的句子。就像寫信給孩童時，必須顧及「用詞淺顯易懂」、「簡短」兩大要素。

1 I saw Yumiko in Shibuya today.

2 She got married in Hawaii last month.

※ got married 結婚了。

3 I was so surprised!

練習 2　　學習在每個短句中找出主詞

重點　日記的主角是自己，所以主詞都是「**I**」。

Step 1　先確認主詞

很多人剛開始學習英文作文時，最容易因為不清楚「主詞」而卡住。中文裡有許多句子，就算沒有使用主詞也能夠明確表達意思，但對於英文，主詞具有左右句意的重要性。

以右方的句子為例，主詞是什麼？主詞不是「今天」，而是吃下義大利麵的「我」。

今天吃了義大利麵。

（我）今天吃了義大利麵。

Step 2　轉換成英文

不管文章多麼簡單，若未經思考就直接將中文轉換成英文，會變成很奇怪的英文句子。因此，欲將中文文章轉換成英文時，要先養成思考「主詞是誰？是什麼？」的習慣。

日記的主角是自己，因此不必經過太複雜的思考，在原本的中文句子上，添加你、我、他等主詞，再轉換成英文即可。

I had pasta today.

※ had 也可用 ate 表示。

練習 3　　今天發生的事都使用過去式

重點 英文日記裡的時態基本上都是「**過去式**」。

先將右邊的例句，按照資訊量分成兩個短句，要注意這裡的時態是「過去式動詞」。

英文的動詞有時態的變化。若是記錄當天發生過的事情，多半已經發生，直接使用過去式動詞即可。

╳的例句錯誤之處，在於第二句使用了現在式。由於事情是發生在同一個時間點，前面使用了過去式，後面也要跟著使用過去式。

「過去進行式」，是以過去某個時間點為基準，表示該時間點正在進行的事情。若中文想表達「當時正在～」，就必須使用英文的「過去進行式」。但寫日記時，可將「寫日記的當下」視為時間基準，並使用最基本的「過去式動詞」即可。

今天下午
在涉谷一間很漂亮的咖啡廳，
和由美子一起喝下午茶。

╳

I was having a cup of tea
with Yumiko this afternoon.
We are at a nice cafe.

○

I had a cup of tea
with Yumiko this afternoon.
We were at a nice cafe.

本書的使用方法

想在手帳上寫些什麼？希望呈現出什麼風格？我們可以按照不同的目的，選擇寫日記的方式，讓英文日記變得更加活潑有趣！

＼ 該寫什麼才好？ ／　＼ 從記錄日常生活著手 ／

PART 1 可參考 ▶P.29

表達一天記事的
10 大基礎句型

使用國中程度的簡單句型，就能夠表達出「今天發生過的事情」。只要依實際情況，例如去了哪裡、和誰見面等，在本章節的□□□裡，填上受詞即可。

在練習基礎句型的過程中，自然能夠熟記S（主詞）、V（動詞）、O（受詞）、C（補語）等基本文法。

使用最基本的過去式動詞書寫

更換基礎句型中的□□□即可

劃線處可替換不同情況的字詞

＼ 帶點玩樂的心情書寫 ／　＼ 透過塗鴉讓日記更可愛 ／

PART 2 可參考 ▶P.41

繪製對話框
表達心情感受

善用邊框、表情符號，就可以打造出活潑有趣的英文日記。因此本章收集了適用於表達開心、難過等各種不同情緒不同的詞彙，寫下「英文感想」，大幅增添寫日記的樂趣。

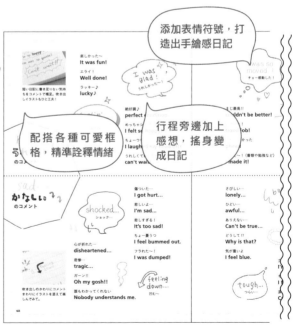

添加表情符號，打造出手繪感日記

配搭各種可愛框格，精準詮釋情緒

行程旁邊加上感想，搖身變成日記

PART 3

\ 日記的書寫方法 / 記錄各種內容

可參考 ▶P.57

依場景分類的
3 行小日記

　　如果希望能像用中文寫文章般，流暢地使用英文記錄各種事情，請好好參考本章。這章介紹戀愛、工作、財務、旅遊等各種場景的微日記寫法，讓你每個領域的英文都能夠面面俱到。

PART 4

\ 想為工作、愛情加油打氣 /

可參考 ▶P.99

達成夢想與目標的
莎莉式圓夢日記

　　本章要介紹將「理想的婚姻」、「理想的工作」、「存錢目標」等夢想、規畫寫在日記上的方法，並依照各種主題提供相應的例句，可以更簡易地用英文寫下夢想與目標。

還有其他好句子

- 《想要塗鴉時》→天氣・情緒・身體狀況的單字插圖集 ▶P.24
- 《想引用名言》→為心靈打氣的英文名言・格言集 ▶P.120
- 《寫英文書信》→英文書信&小卡書寫範例 ▶P.129

天氣・情緒・身體狀況的單字插圖集

超萌插圖，
妝點你的手帳

　　既然是手帳，那就記錄每天的天氣，或是身體狀況吧！善用插圖不僅可加深對英文單字的印象，也讓日記更加活潑！

天氣插圖

sun shower
太陽雨

rainbow
彩虹

sunny
晴天

very fine
晴空萬里無雲

插圖上畫上表情，
表現出風雨的強度。

thunder
打雷

rainy
雨天

heavy rain
大雨（傾盆大雨）

typhoon
颱風

tornado
龍捲風

stormy
暴風雨

cloudy
陰天

foggy
霧

透過雪人的尺寸、融化狀態等，可表現積雪的程度。

snowy
下雪

cool
涼爽

warm
溫暖

heavy snow
大雪

cold
寒冷

ultraviolet advisory
紫外線警告

rainfall probability
降雨機率（％）

winter wind
寒風

根據震度，改變房屋周遭的曲線幅度或粗細度。

earthquake
地震

其他單字！
Check!

天氣、氣候相關英文單字

- *shower*　驟雨
- *sudden downpour*
  突如其來的豪雨
- *drizzle*　毛毛雨
- *windy*　強風
- *sleety*　雪雨夾雜
- *blizzard*　暴雪
- *hail*　冰雹
- *hot*　炎熱
- *muggy*　炎熱
- *fierce heat*　猛暑
- *cold wave*　寒流
- *first spring wind*
  第一道春風
- *start (end) of the
  rainy season*
  梅雨季節開始（結束）
- *first snow of the
  season*
  初雪
- *humidity*　濕度（％）
- *dry air warning*
  空氣乾燥警報
- *pollen forecast
  (heavy / light)*
  花粉預報（強／弱）
- *temperature*
  氣溫（℃）
- *high pressure /
  low pressure*
  高氣壓／低氣壓

情緒插圖

not in a
good mood
心情不好

feelin'
great!
心情絕佳！

pretty good♪
心情很好

exhausted
精疲力盡

not bad
還不賴

tired
疲憊

awful
難受

terrible
心情很差

身體狀況插圖

feel bad
身體不舒服

feel good
神清氣爽

fever
發燒

cold
感冒

cough
咳嗽

runny nose
流鼻水

headache
頭痛

toothache
牙痛

no appetite
沒有食慾

pimple
長痘痘了

lack of
sleep
睡眠不足

red eye
眼睛充血

over eating
吃太撐

drinking
too much
喝太多

hangover
宿醉

情緒・身體狀況相關單字

- *energetic* 充滿活力
- *weary* 感到厭倦
- *feel dizzy* 暈眩
- *nausea* 反胃
- *flu (influenza)* 流感
- *sore throat* 喉嚨痛
- *poor circulation*
  血液循環不好
- *stiff shoulder*
  肩膀痠痛
- *backache* 背痛
- *anemia* 貧血
- *cramps* 生理痛
- *muscular pain*
  肌肉痛
- *stomachache* 胃痛
- *diarrhea* 腹瀉
- *constipation* 便祕
- *hay fever* 花粉症
- *sneeze* 打噴嚏
- *stuffy nose* 鼻塞
- *eczema (red spots)*
  濕疹
- *swelling* 腫脹
- *eyestrain* 眼睛疲勞
- *stomatitis* 嘴破
- *burn* 燒傷
- *foot corn* 雞眼
- *athlete's foot* 香港腳

英文手帳四原則

- 只寫 1 句話也 OK，簡單才能持之以恆。
- 主要模式為「今日記事（陳述事實）」＋「感想」。
- 使用相當於國中英文程度的文法即可。
- 「休假」、「感想」等狀況，用彩色筆增添趣味性。

November

- 1 · I took a yoga lesson. (10:00-11:00am)
- · I had lunch w/ Cathy @ Tokyo St.
- 2 · I bought a pair of shoes.
- · I got a new book 20% off (clearance sale) and read it @ café.
- 3 Day Off · I went driving to the beach.
- (Nice :-) weather!! · Had dinner @ seafood restaurant
- 4 · I worked all day. (10:00am ~ 9:00PM) (Lesson + Trial) Lesson so busy...
- 5 · I had a party w/ friends from school after work. It was exciting!! Ahaha... I laughed a lot.
- 6 Relaxing Day / Day off / Do nothing ✓ I just stayed home...
- 7 · I had lessons all day.
- · Had lunch w/ ...

輕鬆記錄每一天，讓記憶更鮮活

我自己的手帳，記錄的幾乎都是與教課相關的事情。若遇到了 Day off（休假日），則會寫 2、3 行的當天發生的事件、感想等等，例如：「出門兜風、吃飯」。就算寫得很精簡，只要加上一些心得註解、插圖，事後翻閱時，想起當天發生的事，仍會覺得很開心！

PART 1

表達一天記事的
10 大基礎句型

想要動手寫英文日記，試著在第 1 行寫下「今天發生的事情」吧！例如今天去了哪裡、見了誰、吃了什麼……，只要更換基礎句型中 [ ] 裡的單字，輕鬆就能描述記錄每天的生活。

☞ 基礎句型 1【前往 go → 去了 went】

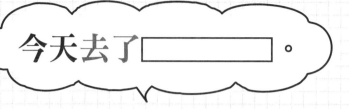

今天去了 ☐ 。

I went to ☐ 場所 ☐ today.

☐ 場所 ☐ 的位置應放入名詞。若非特定店家，而是泛指同類場所的名稱時，必須在場所前面加上冠詞「a」，例如：a café（咖啡廳）、a restaurant（餐廳）等；若填入的是店名、設施名稱等特定場所的專有名詞時，就不用補上冠詞，但是首字必須大寫。其他表達方法包括 my favorite café（我最喜歡的咖啡廳）等。

應用 arrange!

補上 **地區**

→ 我去了澀谷的 ABC 咖啡廳。

I went to ☐ ABC café ☐ in Shibuya.

> 要表達該店家、設施的所在區域或地名時，可在後方加上介係詞「in」；如果只是想表達「今天去了澀谷」，則可寫成 I went to Shibuya。

補上 **人**

→ 我和由美子一起去了卡拉 OK。

I went to ☐ Karaoke ☐ with Yumiko.

> 在同行者與場所之間應該填上介係詞「with」；若有多位同行者，可藉「，」連接，並在最後一個人名前方加上「and」，例如：with Amy, Vicky, and Kelly。

補上 **時間**

→ 上午去了代代木公園。

I went to ☐ Yoyogi Park ☐ in the morning.

> 時間應寫在文末。例如：in the afternoon（上午）／in the early morning（早晨）／in the evening（傍晚）／at 9 in the morning（早上9點）。

補上 **交通方法**

→ 搭乘電車前往高尾山。

I went to ☐ Mt. Takao ☐ by train.

> 交通工具的前方應填上介係詞「by」，例如：by train（搭乘火車）／by car（搭轎車）／by bicycle（騎腳踏車）／by motorcycle（騎機車）等，但要特別留意「徒步」的英文是「on foot」。
> ※Mt. = Mount（～山）的縮寫。

 Check! 檢查一下

當〇〇是動詞時，通常為「go to ＋動詞原形（不定詞）」，但是仍必須視單字做適度的變化，有時可能會採取「go ＋動詞 ing（動名詞）」的模式，例如：go shopping（去購物）／go trekking（去登山）等，有時也可能以慣用片語為準，例如：go for a walk（去散步）等。

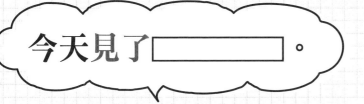

今天見了 _____ 。

I saw/met [人] today.

> 已經和友人、見面對象約好在特定地點見面時，應使用 see，偶然在路上遇到或在正式工作場合見面時，則應使用 meet。
>
> ___人___ 的位置只要填寫見面對象的姓名即可，若是朋友等較廣泛的名詞時，必須加上 my/her/his 等所有格，例如：my friend(s)。

應用 arrange!

補上　**場所**

→ 我和由美子在澀谷的 ABC 咖啡廳見面。

I saw [Yumiko] at ABC café in Shibuya.

> Café 等具體特定場所，應在前方加上介係詞「at」；若是澀谷等廣域地區、地名則應選擇「in」。若有多名同行者時可藉「,」連接，並在最後一個人名前方加上「and」，例如：I saw Yumiko, Amy and Mary in Shibuya.

補上　**時間**

→ 我和小林，6 點在澀谷見面。

I saw [Lin] in Shibuya at 6.

> 將時間擺在介係詞「at」後方時，寫上數字即可，例如：6:30 時（～ at 6:30）／午休時（～ during my lunch break）
>
> ※during 的意思是「～的期間」。

補上　**見面時的狀況**

→ 我在派對上與大衛初次見面。

I met [David] at
a party for the first time.

> 初次是 for the first time ／第二次是 for the second time）。
>
> 由於派對屬於廣義的一般名詞，非專有名詞，故加上冠詞「a」。

→ 我在銀座偶然遇見總經理。

I met [GM] by accident in Ginza.

> 將狀態（偶然，by accident）擺在人名的後面。GM（總經理）是 general manager 的縮寫。

→ 見到了久違的凱莉。

I saw [Kelly] for the first time
in a long time.

> 在表達好久沒做某件事情時，英文習慣採用「在～期間第一次～」，例如隔 1 個月～（for the first time in a month）。

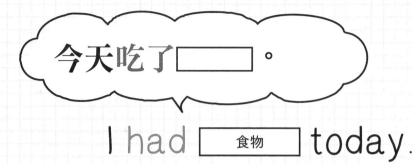

今天吃了 _____ 。

I had _____食物_____ today.

英文口語中常用 had，表示「吃了」、「喝了」，雖然也可採用 ate（吃了）／drank（喝了），但是使用 had 比較委婉。 食物 的位置應填上料理名稱、食品名稱，先別管如何區分可數名詞與不可數名詞，大膽寫上去即可。

應用 arrange!

補上 **場所**

→ 我在 ABC 餐廳吃了法式料理。

I had French food **at ABC restaurant.**

≪ ABC 餐廳等特定設施或餐廳的前方，應加上介係詞「at」；地區或地名等則應採用介係詞「in」。

補上 **人**

→我和小修一起吃了韓式燒烤。

I had Korean BBQ **with Osamu kun.**

≪ 在一起吃烤肉的人名前面，要加上介係詞「with」。韓式燒烤、法式料理等料理種類名稱不可加上冠詞「a」。

補上 **時間**

→ 我在午餐時吃了義大利麵。

I had pasta **for lunch.**

≪ breakfast(早餐)／lunch(午餐)／dinner(晚餐) 前方應加上介係詞「for」，很多人會寫成「a lunch」，但是要特別留意，一般用餐時間不需加冠詞「a」。

補上 **數量**

→我喝了 3 杯葡萄酒。

I had three glasses of wine .

≪ 基本上飲料是不可數名詞，因此只要寫出「I had／drank wine」即可，但若想強調數字，應加上 a glass of～／a cup of～以表達「○杯」、「○瓶」。

補上 **製作者**

→我吃了主廚川越的料理。

I had a dish **prepared by Chef Kawagoe.**

≪ 「prepared by～（人名）」是「～製作」的意思。若想表達「母親的手作料理」時，可將其處理成「受詞」，變成 I had my mom's homemade dish

今天看了 ＿＿＿＿ 。

I saw/watched 〔觀賞的內容〕 today.

{
saw 與 watched 都代表「看了」、「欣賞了」的意思，但 saw 欣賞的範圍較大，
例如電影、舞台劇、風景等等；watched 則多指視線會盯著特定動態物體，例如
電視、運動比賽等。此外，但若是看照片，必須改用 look at ～。這些用詞都必須
憑感覺區分，建議先記好上述基本概念。
}

應用 arrange!
. . . .

補上 場所

→ 我在西門町看了電影《哈利波特》。

I saw 〔a movie Harry Potter〕 in Ximending.

> 看電影應選用「saw」，電影名稱直接接續在
> a movie 後面即可；與第 30 頁的「場所」介係
> 詞用法相同，必須在地區、地名前加上「in」。

→ 我在烏來欣賞了楓葉。

I saw 〔colored leaves〕 in Wulai.

> 欣賞風景可選用「saw」，若想表達「我到烏來
> 賞楓」時，則可寫成 I went to Wulai to
> view the colored leaves there.

→ 我在台中的美術館欣賞了莫內的《睡蓮》。

I saw 〔Monet's "water lilies"〕
at the museum in Taichung.

> 美術館等設施前方應加上介係詞「at」，地區
> 或地名應寫在最後，且必須在前方填上介係詞
> 「in」。

→ 我在台北 101 觀景台看夜景。

I saw 〔the night view〕
from the Taipei 101 Observatory.

> 夜景（night view）屬於風景的一種，所以可
> 用「saw」。若想補充所在地，以強調自己的視
> 角時，應在地點前方補上介係詞「from」。

補上 人

→我和大衛一起去看足球比賽。

I watched 〔a soccer game〕 with David.

> 無論是現場或透過電視觀賞運動比賽，都可
> 使用「watch」；要表達出一起看的人，應在人
> 名前方填上介係詞「with」。

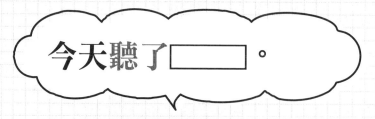

今天聽了 ☐。

I listened to [音樂、課堂等] today.

I heard about [話題] today.

> 兩者都是「聽」，但在敘述今天發生的事情時，若聽的是音樂、課堂、廣播等需要集中精神聆聽的類型，應該使用 listened to；若是不經意聽到身旁相關新聞、傳言等等，則使用 heard。☐ 的位置可填入各種名稱、話題的名詞。

應用 arrange!

補上 **場所**

→ 我在音樂會聽爵士樂。

I listened to | Jazz |
at the live music club.

 音樂應使用「listened to」，空格裡可填入音樂種類、曲名等名詞；設施、會場等特定場所應使用「at」，地名應使用「in」。

補上 **內容**

→ 我聽了 ICRT 的「英文新聞」。

I listened to

| the ICRT radio "EZ news" |.

 廣播應使用「listened to」，在填寫節目名稱、曲名時，只要加上「radio」一詞，即可將整句處理成受詞，使句子結構變簡單。

→ 我聽了 A 先生的演講。

I listened to | Mr. A's lecture |.

 演講（lecture）必須專注傾聽，因此使用 listen to。欲寫出演講題目時，可在 lecture 與主題之間，補上介係詞「about」（關於～）、「on」（～方面）。

→ 我聽說佩淇要結婚了。

I heard about | Peggy's wedding |.

 若聽到身旁親友的消息、傳言等應使用「heard about」，並將話題「名詞化」。就算話題的內容再複雜，只要掌握「人名的所有格＋名詞」這個原則，即可輕易表達出「關於誰的某件事」。

今天買了 ☐ 。

I bought/got ☐物品 today.

{
「買了」的英文為 bought，但若是要敘述以金錢換取的物品時，英文口語習慣用 got 表達「入手了～」；若是敘述「得到」的免費贈品、他人送的禮物等，也可使用「got」。 ☐物品 的位置裡應填寫名詞。除了飲料，大部分名詞都屬於可數名詞，若物品為單數時，別忘了在前面加上「a」，複數時別忘了加上「s」。
}

應用
arrange!
....

補上 ┃ 場所 ┃

→ 我在微風廣場買了新靴子。

I bought a new pair of boots **at Breeze Center.**

 百貨公司等設施或店名前應加上「at」；鞋子、襪子都是 2 隻為 1 雙，因此必須格外留意數量的表達方式，1 雙為 a pair of shoes，2 雙則為 two pairs of shoes。

→ 我在 ABC 書店買了村上春樹的新作品。

I got a new Haruki Murakami books **at ABC book store.**

書籍的作者姓名、服飾或物品的設計師姓名等等，可以直接寫在物品（名詞）前方。

補上 ┃ 價格 ┃

→ 我在清倉大拍賣時，以300元買了1件洋裝。

I bought a dress **for NT$300 dollar at a clearance sale.**

 要表達「以 NT$ ～買到」時介係詞應選用「for」，欲表達「半價購得」則可寫成 for half price。「清倉大拍賣」與「場所」具有相同的意義，故應使用「at（在）」。英文裡的「洋裝」無論正式與否均稱為「dress」。

補上 ┃ 方法 ┃

→ 我透過 Yahoo! 網拍買到了 LV 的皮包！

I got a Louis Vuitton wallet **on Yahoo auction!**

 透過網購、網路拍賣購得物品時，介係詞應選用「on」，地點直接寫出網頁名稱即可，例如「on the internet」（在網路上），此外，「got」也可用來表示拍賣中的「得標」。

今天發了郵件／打了電話給▢。

I mailed/called ▢人▢ today.

{ mail/call 同時具有動詞與名詞的性質，一般的 mail 多半指透過郵局寄送實體信件，若是電子郵件可使用 emailed。此外，英文口語多稱手機簡訊為 text，因此「傳簡訊」可使用 texted。 ▢人▢ 的位置裡只要填寫對象名稱即可。 }

應用 *arrange!*

補上 **事情內容**

→我寄了派對相關的信件給美琪。
I mailed ▢Maggie▢ about the party.

> 想要表達「與某事相關」時，可以採用「about＋事情名稱」的方式；與工作有關，也可用 about our project（與我們的專案有關）等表現方式。

→ 我把會合地點寄給大衛了。
I mailed ▢David▢ for our meeting place.

> 想表達「為了某件事」而寄信時，介係詞應使用「for」；若要表達「為了約定會面時間」而寄信時，可寫成 for meeting time。

→ 我向約瑟傳了告白簡訊
I texted ▢Joseph▢ to say "I like you"

> Tetxed 指「用手機傳簡訊」，若要進一步表達內容時，直接加上「to say ～」即可。如果有藉引號框起內容的話，也可以不加 to say。

補上 **時間**

→ 我突然打了通電話給母親。
I called ▢my mom▢ suddenly.

> 試著加上 suddenly（突然）等表達時間點的副詞，例如 at last（最後）／immediately（立刻）／again（再次）／for the first time in a long time（久違地）。

補上 **場所**

→ 我從公司打電話給大衛。
I called ▢David▢ from my office.

> 從外面～」為「from outside」、「從國外～」為「from abroad」、「從家裡～」為「from my home」。

☞ 基礎句型 8【約會 have a date →約會了 had a date】

> # 今天和 □ 約會了。

I had a date with 人 today.

> date（約會）可當名詞與動詞使用。動詞的 date 多半指「陪～」的意思，要表
> 達兩人見面後「約會了」，多半會使用 had a date。其他還有 went on a date、
> went out 等表達方式，無論何者，對象的介係詞都應選用「with」。

應用
arrange!

補上　**次數**

→ 和大衛第 1 次約會。

I had a date with David
for the first time.

用 for the first time 表達「初次」，「第 2 次」
則為 for the second time。也可採用更簡單的
表達方式── I had a first date with ～。

補上　**場所**

→ 我和約瑟在西門町約會。

I had a date with Joseph
in Ximending.

地名前要加上介係詞「in」，店名或特定場所
雖然使用「at」，但若是遇到「大安森林公園」
等寬廣的地點時，即使是特定名稱，仍使用
「in」，例如：in Daan Forest Park。

補上　**內容**

→ 我和保羅一起去卡拉 OK 約會。

I had a Karaoke date with Paul .

卡拉 OK、午餐（lunch）、晚餐（dinner）等
直接放在 date 前面，即可表達約會內容；但
若是兜風、散步等單純表達行動的單字，無法
插進 had a date 中間，應直接寫成 I went
driving with Paul。

補上　**否定句子**

→ 因為加班，讓我無法與大衛約會。

**I had to work overtime. I couldn't
have a date with** David .

「因 為 加 班」的 英 文 並 非 by overtime
work。若要用英文表達這個例句，必須將句
子拆成「我必須加班」與「沒辦法約會」兩句
敘述後再連接起來即可。

☞ 基礎句型 9【享受 enjoy → 享受了 enjoyed】

今天享受了 ☐ 。

I enjoyed ☐ 發生的事情 today.

{ 很多人都以為發生的事情的位置，要填上 to ＋動詞（不定詞），但是這是錯誤的。
實際上應填入名詞，或將動詞名詞化的「動詞＋ ing（動名詞）」。「enjoy ～
ing」等於「享受～事情」，記下這個句型的話，就能夠用英文記錄各種經驗了。 }

應用
arrange!

補上 ☐ 人

→ 和潔西一起享受演唱會。

I enjoyed the concert **with Jessie.**

一起同樂的人名前方要添加介係詞「with」。
☐ 可填上各種名詞，包括：電影（a
movie）／卡拉 OK（Karaoke）／觀賞足球比
賽（watching a soccer game） ／ 購 物
（shopping）／派對（the party）等等。

補上 ☐ 場所

→ 我在 ABC 飯店享受了甜點吃到飽。

I enjoyed a dessert buffet
at ABC hotel.

有寫明飯店等特定設施、場所的名稱就必須
使用「at」。其他相關單字包括：法式晚餐
（French dinner）、 臉 部 保 養（a facial
treatment）等等。

補上 ☐ 時間

→ 享受了一天一夜的溫泉旅行。

I enjoyed my overnight trip .

只過夜一晚的旅行稱為 overnight trip、當天
來回旅行為 one(a) day trip、3 天 2 夜旅行
為 two-night trip，這些情況下基本上不適合
搭配 today。

→ 我和美琪享受了整晚的閒聊時光。

I enjoyed talking **with Maggie all night.**

聊天的英文包括「talking」及「chatting」。
先用 with 表達對象，再於人名後方補上時間
即可。一整天的英文為 all day。

補上 ☐ 狀況

→ 我享受了平靜的閱讀時光。

I enjoyed reading my book **calmly.**

可用副詞強調享受時的狀態，例如非常（very
much）／徹 底 地（thoroughly）／充 分 地
（fully）／悠閒地（slowly）／熱情洋溢地
（passionately）。

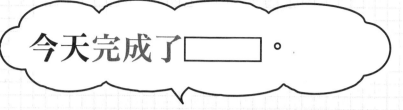

今天完成了 ☐ 。

I finished 事情 today.

{ 不管是工作、讀書，或其他待辦事項，只要完成了就會想要慶祝一番，這時就好好地記錄在手帳上吧！完成、完工的英文動詞皆為「finished」，事情 的位置應填上名詞，或將動詞名詞化的「動詞＋ing（動名詞）」，而非 to＋動詞（不定詞）。 }

應用 arrange!

工作 相關事情

→ 我完成了企畫書。

I finished | making a proposal |.

「製作」企畫書（proposal）／會議資料（meeting document）／報價單(estimate)／請款單(bill)／邀請函（invitation letter）等文件時，應使用「make」當動詞。

→ 我完成了簡報。

I finished | my presentation |.

☐ 可套用的內容包括～新人研修（～training for newcomers）／～營業額計算（～sales account）／～存貨盤點（～ stock-taking）／～傳票整理（～ sorting out slips）。

學校 相關事情

→ 我完成畢業論文了。

I finished | writing my graduation thesis |.

My graduation thesis 專指畢業論文，一般報告為 writing my report。

→ 我度過期末考了。

I finished | final exam |.

Exam 為 examination 的縮寫，其他相關單字包括：～研討會（～ my seminar）／～課堂（～ a lecture）／～文化祭準備（～preparing for a school festival）。

家庭 相關事情

→ 我完成了家裡的大掃除。

I finished | general cleaning |.

一般打掃使用 cleaning，其他單字包括：～搬家準備（～ preparing for moving）／（寫好了）賀年卡（～ writing New Year's greeting cards）／（讀完了）書（～ reading my book）。

學會使用縮寫，寫小日記更簡易

想要在手帳的小小空間裡，寫下計畫、日記時，必須善用縮寫才會整潔美觀。英文原本就有月份、星期幾的縮寫，但也會隨著時代變遷，出現不同的新用法，因此也可以自行創造～

縮寫主要用在給自己看的手帳、親朋好友。

月份與星期的縮寫

※ 縮寫的尾端必須加上句號。

- □ January → Jan. 1 月
- □ February → Feb. 2 月
- □ March → Mar. 3 月
- □ April → Apr. 4 月
- □ May May 5 月
- □ June → Jun. 6 月
- □ July → Jul. 7 月
- □ August → Aug. 8 月
- □ September → Sep. 9 月
- □ October → Oct. 10 月
- □ November → Nov. 11 月
- □ December → Dec. 12 月
- □ Monday → Mon. 星期一
- □ Tuesday → Tue. 星期二
- □ Wednesday → Wed. 星期三
- □ Thursday → Thu. 星期四
- □ Friday → Fri. 星期五
- □ Saturday → Sat. 星期六
- □ Sunday → Sun. 星期日

英文日期的書寫方法

中文日期的順序為「年、月、日」，但是英文，尤其是美國順序則是「月、日、年」。
(例) Jan. 15, 2014(Wed.)

月：必須寫英文而非數字。

日：寫數字即可。若僅寫日期，可採用序數詞（1st, 2nd, 3rd…）。

年：在日期後方加上逗號，再寫上年份數字（或星期幾）。

適合每日規劃的縮寫

- □ at → @ 在～（場所）
- □ with → w/ 和～（人）
- □ appointment → appt 預約
- □ to be determined → TBD 待確
- □ meeting → MTG 會議、討論
- □ overtime work → OW 加班
- □ business trip → Biz. trip 出差
- □ birthday → BD 生日

適合社群網路的縮寫

- □ honey → hon 戀人
- □ boyfriend → BF 男朋友
- □ girlfriend → GF 女朋友
- □ best friends forever → BFF 好朋友
- □ Facebook → FB 臉書
- □ Age, Sex, Location → ASL 年齡、性別、地址
- □ message → MSG 訊息
- □ great → GR8 很棒！
- □ just kidding → JK 開玩笑的
- □ for your information → FYI 供你參考
- □ I love you → ILY 我喜歡你
- □ I don't know → IDK 我不知道
- □ later → L8R 晚點～

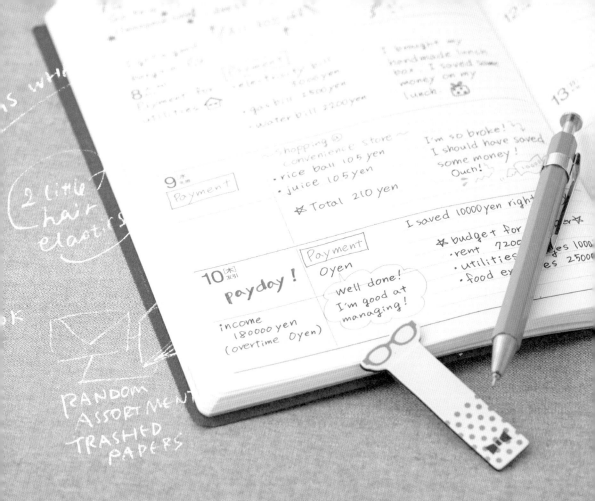

PART 2

繪製對話框
表達心情感受

忙碌的生活，總有開心、悲傷、煩躁的時候……按照自己的情緒感受，在每天的行程上，補充些感想吧！

手帳太小、無法暢所欲言時，可以往頁面空白處拉出框格，盡情補充感想。

好有趣～
It was fun!

太棒了！
Well done!

太幸運了♪
lucky♪

狀況超讚♪
perfect condition

超開心的！
I felt so happy!

超好笑～
I laughed my head off!

我等不及了！
can't wait!

feelin' good♪
感覺很好♪

happy!

覺得開心

sad...

覺得悲傷

shocked...
驚訝…

我受傷了…
I got hurt...

我好難過…
I'm sad...

我太難過了！
It's too sad!

超～憂鬱！
I feel bummed out.

我被甩了～！
I was dumped!

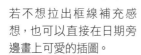

氣餒…
disheartened...

悲慘…
tragic...

糟了！
Oh my gosh!!

沒人懂我。
Nobody understands me.

若不想拉出框線補充感想，也可以直接在日期旁邊畫上可愛的插圖。

feeling down...
心情低落～

I was so moved...!
超感動！

成功！
success!

超棒！
excellent!

沒有比這個更棒的事情了!!
couldn't be better!

all right!
太棒了

做得好！
Good job!

呼～得救了
phew!

很好！
great!

完成了～！（文件、讀書等）
I made it!

呀呼！
yahoo!

在感想旁畫點插圖！

開心的插圖
用閃亮亮的插圖與向上的箭頭，增添書寫時的愉悅感覺。

興奮

喜歡

緊張期待

閃亮亮

興高采烈

好寂寞…
lonely...

boo hoo
嗚～嗚～

真糟…
awful...

不可能…
Can't be true...

為什麼!?
Why is that?

心情好憂鬱！
I feel blue.

tough...
好難熬…

筋疲力盡了
I'm exhausted.

超緊張
I feel nervous.

眼淚止不住
Can't stop crying...

在感想旁畫點插圖！

悲傷的插圖
即使是最常見的眼淚、心碎，也可擺脫一成不變的畫法。

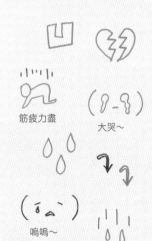

筋疲力盡

大哭～

嗚嗚～

在確認好的約會行程後面加上「♥」，可以讓手帳更增添少女氣息喔！

Chu 啾♥
chu ♥

臉紅♥
blush ♥

嘿嘿嘿♥
grin ♪

好酷～！
cool!

我墜入愛河了！

超理想！
ideal

我迷上你了。
I madly love you

我要贏得他的♥
win his heart!

我只看得見你♥
Only you are seen♥

love it!

覺得喜歡

love ya lots!
最愛～了！

hate it!

覺得討厭

I hate you!
我恨你！

根本有病…
sick…

煩死了！
pain in my neck

好可怕!!
That's so scary!!

怪人！變態！
wacko

笨蛋！蠢蛋！
silly!

花心大蘿蔔～！
womanizer!

無聊的男人
He's just so boring.

分手吧！絕交！
I'll break up!

糟了！（不好吃）
awful!

made a stupid mistake.
No way…!

對於自己或別人做過的事情，感到懊惱悔恨時，也可以善用這些詞彙。

no way！
不～可能！

献上初夜
made love for the first time

我已經滿足了！
I don't want anything!!

我瘋狂迷戀著你！
I'm crazy about you.

我的最愛♪
my favourite♪

lovey-dovey
恩恩愛愛

pit-a-pat
臉紅心跳～

你是我的寶物。
I treasure you.

我墜入愛河了！
I fell in love!

在感想旁畫點插圖！

喜歡的插圖
約會或遇見夢中情人時，用
大量愛心妝點日記吧！

恩恩愛愛

眼冒愛心

吻

小鹿亂撞

臉紅

好噁心！
spooky

抱歉，不可能…
I'm sorry, no chance...

我受夠了！
I'm fed up!

我再也忍不下去了！
Can't stand it!

yuck!
啐！

住手！
Cut it out!

絕對不要～！
absolutely not!

滾！
Get lost!

我要忘記！
FORGET IT!

so what?
那又如何？

在感想旁畫點插圖！

討厭的插圖
用可愛的插圖也能輕易補
足火冒三丈的情緒！

我要忘掉！

這傢伙！

討厭死了！

難以置信

我受夠了…

善用造型可愛的便利貼，寫上對日常驚喜的感想後，貼在手帳上吧！

咦！？
Oh my gosh!

真的假的！？
seriously?

我不敢相信！
I can't believe it!

不會吧～！
You're kidding!

No kidding!
騙人！

心寒～
chill

茫然…
in a daze...

你再說一遍！？
How's that again?

這種事對心臟不好喔…
suspenseful...

surprise!
覺得驚訝

I was surprised!
嚇了我一跳～

disappointed...
覺得失望

disappointed
我好失望～

好難過
depressed

我要哭了！
I almost cry!

浪費生命～
dilly-dally

太可惜了！
That's too bad.

我很抱歉…
I feel sorry.

I'm so broke. I should have save some money! Ouch!

當你對工作、金錢、朋友等各種場面或狀況感到失望時，不妨善用這些詞彙。

糟糕了！（失策）
That's done it!

呿～
damn

好可惜！
What a pity.

沒有比這更糟的了…
couldn't be worse...

sigh...
唉～（嘆息）

我無法理解…
I don't know what you say...

第一次聽説！
That's news to me!

我投降～
My knees gave way

我説不出話了…
It took my breath away...

Oh, boy!
哎喲～

creepy
毛毛的

我驚醒了！
I woke up!

我好震驚！
I was startled!

我快嚇死了！
I was frightened.

在感想旁畫點插圖！

驚訝的插圖
一起動腦發揮創意，設計各種不同的驚嘆號插圖吧！

騙人～

哎呀！

真的假的！？

什麼！？

驚！

自作自受
It's my fault.

噢～！
Ouch!

白費工夫！
What a waste!

後悔…
regret...

我心情好差～
It let me down.

life is hard
人生真艱辛

很抱歉！
sorry!

還來～!?
again?

當作沒這件事情吧！
Let's forget it.

I envy
好羨慕喔…

在感想旁畫點插圖！

失望的插圖
插圖較難表現出失望的情緒，但可善用以下插圖。

哭…

shock

失望

嗚嗚！

失魂落魄…

可惜…

business seminar
in Shinjuku
I learned a lot!

11
12 trip

為自己、工作同事或朋友加油打氣時，可以試著用這些英文表達喔！

加油！
Go for it!

堅持下去！
Stick to it!

別在意！
Never mind!

往正面思想吧！
Think positive!

no worries!
別擔心！

拿出信心！
Be confident!

我／你一定可以！
I/You can do it!

順其自然吧
Let it be.

學到了很多
I learned a lot!

cheer up!

覺得激勵

cheer up!
打起精神！

annoyed

覺得煩躁

It's disgusting!
太可恨了！

我生氣了！
I'm outraged!

氣死人了～！
That makes me mad!

令人惱怒！
I'm irritated!

算了…我投降
whew

算了，我不管了！
Beats me!

stressful!

難以說出口的煩悶情緒，搞不好轉換成英文後就能輕易寫出來了！？

好生氣！
I'm annoyed!

我受夠了！
This is it!

徒勞無功！
in vain!

蠢蛋！
goof

Get off my back!
別再煩我了！

過去的事情就過去了
What's done is done.

趕快放下吧！
Let's forget it!

轉換心情吧！
Change my mood!

明天會更好
There will be

It will be fine!
沒問題的！

relax!
放輕鬆

現在是關鍵時刻！
Do-or-die situation

就是這樣！
Go right on ahead!

已經準備萬全。
Bob's your uncle

在感想旁畫點插圖！

激勵的插圖
搭配這些插圖，讓人活力倍增，充滿幹勁！

噢！

Fight!

打起精神

就是這樣！

啾咪！

你想表達什麼？
So what's your point?

無法原諒！
Can't forgive!

中招了～
It got me.

浪費我的時間！
Waste of my time!

請你認真工作！
You must work!

stressful!
壓力好大！

It sucks!
糟透了！

胡扯
nonsense

忽略
ignore

自以為是！
wiseguy

在感想旁畫點插圖！

煩躁的插圖
看到可愛的插圖，應該可以稍微冷卻憤怒的心情。

怒

怒火中燒

滾開

超生氣

不可原諒

假日閒適的心情，或是日子很平靜恬淡時，適合選用這些詞彙。

按部就班…
step by step

太有趣了～
That's so funny!

放鬆吧
laid-back

蛤～！
huh!

take it easy♪
放鬆做吧～♪

安心了～
I'm relieved.

自由了～
I'm free.

好輕鬆的生活
easy life

悠悠哉哉～
leisurely

Chilling out
覺得悠閒

chilling out
輕鬆一下～～

---

rushed!
覺得焦急

Help me!
救我！

我陷入焦躁了～
I was in a panic.

冷靜點！
Calm down!

別慌！
Don't rush!

給我冷靜點！
Hold your horses!

好趕～！
feeling rushed!

兵荒馬亂～
hectic

手忙腳亂
helter-skelter

感到混亂！
confusion!

呀～！
yipe!

13:00 Presentation 16:00 mi
I was nervous.
00 neral meeting

記得將這些適用工作場合上的詞彙，改成過去式動詞，會使內容更自然！

sooo busy!
超忙！

好療癒～
It's really soothing.

休息一下吧！
Let's take a coffee break!

放鬆打滾吧
lounge around

覺得被祝福
I'm blessed.

以自己的步調去做吧！
So things at my pace!

I fell asleep
不小心睡著了

comfortable!
真舒適！

解放了～
Free as a bird

啊～輕鬆多了！
What a relief!

悠閒的插圖
帶有溫馨感的插圖，讓人也
能感染悠閒的心情。

緩緩地～
放鬆
按部就班
好療癒～
嗯嗯～

我有點不安
I'm worried about it a bit.

想逃跑！
I wanna get way!

饒了我吧～！
Give me a break!

糟了！
This is bad!

唔～傷腦筋！
I'm in trouble!

I'm nervous
好緊張～

令人焦慮
Anxious

來不及了！
Can't make it!

頭昏眼花～
Feeling dizzy

焦急的插圖
看到可愛的插圖，焦急的心
情也會稍微平靜下來。

冒汗

快點！

咿呀～
手忙腳亂
汗

衝啊～

人物外觀或個性

若想在日記裡形容一個人，不管是第一次見面的人、親朋好友，都可以用本節介紹的單字，把自己對他們的感想，寫在日記裡。

外觀形象

cool! 酷！

good-looking guy / hot guy
帥哥

clean-cut 長相端正的

cute 可愛的

pretty 漂亮的

an ugly face 醜陋的

pleasant
爽朗的

sturdy
健壯的

soothing
療癒系的

charming
極具魅力的

reliable 可靠的

unreliable 不可靠的

gentleman 很有風度的

strong-looking 看起來很強壯

weak-looking 看起來很虛弱

fashionable 時髦的

good taste 品味不錯的

dowdy 俗氣的

fair 膚色白皙的

dark-skinned 膚色黝黑的

pale 膚色蒼白的

neat and clean 氣質清新、端莊的
elegant 優雅的
ladylike 淑女的
neat 端莊的
wealthy-looking 看起來像名媛
young-looking 外表年輕的
old-looking 外表顯老的
happy-looking 看起來很快樂
happy-go-lucky 輕浮的
sexy 性感的
mysterious 神秘的
untrustworthy 可疑的
weird 噁心、令人不快的

urban
充滿都會感的

fabulous
受歡迎的

gorgeous
奢華的

beautiful
美麗的

intense 熱情的
inconspicuous 不起眼的
strange 奇怪的
herbivore 草食系
carnivore 肉食系
tall / slender 身材修長的
slim 苗條的
chubby 豐腴的
super skinny 身材乾瘦的
fat 胖的
short 矮的
healthy-looking 看起來很健康
bald 禿頭

funny 有趣的

cheerful 開朗的

kind 親切的
critical 嚴苛的
honest 誠實的
thoughtful 細心的
tolerant 具包容性的
cheapskate 小氣的
respectable 值得尊敬的
smart / intelligent 聰明的、知性的
confident 有自信的
gloomy 陰沉的
mature 成熟的
childish 幼稚的

precise 一板一眼

popular 受歡迎的
dependable 可靠的
considerate 體貼的
polite 有禮貌的
modest 端莊、穩重的
competent 能幹的
careless 粗心的
impatient 沒耐心的
slow and annoying 惱人的
high-handed 高傲的
self-confident and arrogant 王子病
high-maintenance woman 公主病

talkative 健談的

energetic 有活力的

calm 沉穩的

earnest 認真的

nerdy 書呆子
passionate 熱情的
cool 冷酷的
masculine 男性化的
feminine 女性化的
handsome 英俊的

delicate 纖弱的

quiet 沉靜的
laid-back 悠閒的
big-hearted 大方的
petty 心胸狹窄的
clean-freak 有潔癖的
warm-hearted 溫暖的
strong-minded 堅強的
stubborn 頑固的
scary 可怕的
oblivious to the atmosphere 白目的

approachable 好相處的

unique 獨特的
willing / proactive 積極的
unmotivated / passive 消極的
have a strong sense of justice 正義感強烈的
goes his/her own way 我行我素

fussy 挑剔的

selfish 自私的

touchy 易怒的

cowardly 膽小的

莎莉小時光 3

常用 5 個連接詞，寫出優美短句

本書的基本原則，就是將冗長的中文句子，切割成
短句後再翻成英文（詳見 ▶P.18）。若希望英文
作文能力與會話能力進步，就必須先學會書寫簡單
短句。接續詞與副詞則是連接短句的重要工具。

善用「連接詞」，將短
句連接起來，即可讓句
子變流暢！

基本連接詞

接續詞與副詞都有各自的文法規則，但是剛開始寫英文日記，不必
太在意細節，只要在生活中盡情使用，即有進步的機會。

and 之後、而且

I took a good rest and **(I) refreshed myself.**

→好好休息之後，我的身心重獲精神。

but 但是

I handed in my business plan but **it wasn't accepted.**

→ 我提出了企畫書，但是卻被退回來了。

so 所以

It was sudden, so **I was surprised!**

→ 這件事情太突然了，所以嚇了我一跳。

because 因為～

I moisturized my skin with a lotion because **my skin was so dry.**

→ 因為我的肌膚很粗糙，所以用化妝水保濕。

then 然後

I exercised at the gym, then **I went to my office.**

→ 我先在健身房運動，然後才去公司上班。

PART 3

依場景分類的
3 行小日記

輕鬆書寫，才是能夠長久持續的關鍵。除了
日常生活的行程規畫，生活中還充滿了戀
愛、金錢使用、旅遊等事件，都可用 3 行英
文短句來書寫小日記。不妨參考本章例句，
將生活中發生的事情寫下來吧！

我的生活日記

生活日記只要寫些吃喝玩樂等日常小事即可，不必對內容太過斤斤計較，想像自己就好像在使用便條紙般記錄事情，輕鬆書寫更能夠持之以恆。

用 3 行短句敘述一天

寫英文日記，首先一定要避免三分鐘熱度的毛病，因此最重要的就是先找到能夠輕易書寫的方法。因此，先隨興寫出生活中發生的事情，例如今天發生什麼事？做了什麼事情？若想不起有哪些可用的句子，請善用 PART 1 介紹過的句型。

中譯｜我今天早上得很早！
今天天氣很好～♪
還把堆積的衣服洗掉了。
好清爽～！

敘述要使用簡單句型

將 I had a good day 的「good」，換成其他形容詞，就能用來形容不同狀況的日子。只要善用「今天很順利」、「今天很倒楣」等簡單句型來形容一天，就成了不折不扣的日記。

中譯｜我在家附近散步♪
還去了咖啡廳看書……
今天一天真棒～

可參考

・一天記事的 10 大基礎句型 ▶P.30
・心情感受相關單字 ▶P.42
・天氣・情緒・身體狀況單字插圖集 ▶P.24

2 / Sat.

I woke up early this morning!
It was fine today♪
I did piles of laundry.

加上天氣的插圖，增添日記的趣味性。

That felt good!

用一句話，就能夠輕鬆表達感想或心情。

3 / Sun.

I went for a walk in the neighborhood today♪
I read books in a café…
I had a good day!

加上手繪風的插圖，幫助腦袋記下英文單字。

今天起了個大早！

I woke up early this morning!

🖊 *Sally's notes*

醒來時感覺很舒爽。
I woke up feeling good.

展開了美好的一天。
It was a good start of the day.

我為花朵澆水。
I watered the flowers.

☑「觀賞植物」的英文是 the foliage plants，water 在這裡當作動詞使用，代表「澆水」、「灑水」的意思。

我出門散步。
I went for a walk.

☑「我去溜狗了」
I took my dog for a walk.

我做了瑜珈。
I did Yoga.

☑「伸展運動」的英文是 a stretch exercise，「出去跑步」為 I went running，「出去散步」則是 I went walking。

我完成了「早晨的例行公事」。
I did my morning activities!

我早上洗了個澡。
I took a morning bath.

☑ 沒有泡澡，只是單純沖澡，可使用「a shower」。

我讀了早報。
I read the morning paper.

☑ 晚報 the evening paper ／英文報紙 English newspaper ／日經報紙 Nikkei newspaper

今天早上睡過頭了！

I overslept this morning!

☑ 睡過頭 oversleep

我匆匆忙忙地出門。
I rushed out of the house.

我上班遲到了。
I was late for work.

☑ 上課 ～ for class ／預約 ～ for an appointment ／會議 ～ for a meeting

我錯過了中午前的工作。
I skipped work during the morning.

☑ 意指「跳過」的 skip，在口語上代表「翹掉、錯過」的意思，因此「沒吃早餐」等於 skip breakfast。

我的時差還沒調過來。
I was jet-lagged...

我一時匆忙之間忘了帶手機。
I forgot my cell phone in a hurry!

☑ 手機通稱 Cell，是 cellular 的簡稱，美國連智慧型手機都會稱為 cell phone；忘記帶什麼東西，就以該名詞代替 cell phone 即可。手帳 pocket planner ／教科書 text book(s) ／文件 document(s) ／錢包 wallet

我下午才起床……
I woke up in the afternoon...

昨晚很早睡。

I went to bed early last night.

我睡超熟！
I slept like a log!

☑ like a log 直譯的意思為「像圓木一樣」，引申為「睡得像死掉一樣」。

我好好地補眠了～
I caught up on my sleep.

☑ catch up on ～意思是彌補某事的不足或趕上延遲。

我不小心睡著了……
I fell asleep...

我睡了 12 個小時……睡太多了！
I slept for 12 hours... I slept too much!

我昨晚熬夜了。

I stayed up late last night.

我凌晨 3 點才睡。
I went to bed at 3 in the morning.

我熬夜打電動。
I played games all night.

☑ 常見的熬夜原因：讀書 read books ／工作 worked ／聊天 (We) chatted

我哭了整晚，眼睛都腫了。
I cried my eyes out all night.

我昨晚一點睡意都沒有。
I was too awake to go to sleep.

☑ too~ 太過～。太生氣 too angry ／太震驚 too shocked ／太開心 too happy。

今天在家吃飯。

I ate at home today.

我吃了自己做的午餐。
I made lunch for myself.

我午餐吃便利商店（的食物）。
I had a convenient store lunch.

我叫了外送。
I ordered catered food.

今天的料理超好吃！
Today's meal was delicious!

我做料理給男友吃♥
I cooked for him ♥

我和朋友一起在家裡喝酒。
I had a drink with friends at my house.

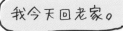 我今天回老家。

I went to my parents' home.

我拜訪了久違地祖母。
I visited my grand mother for the first time in a long time.

弟弟帶女朋友回家。
My brother brought his girlfriend to our house.

我和姊姊（或妹妹）吵架了。
I had an argument with my sister.

那是表親的結婚典禮。
It was my cousin's wedding.

我給爸爸買了父親節禮物。
I bought my father a gift for Father's day.

☑ 早餐 breakfast ／晚餐 dinner ／甜點 sweets ／日式料理 Japanese food ／義大利麵與沙拉 pasta and salad

☑ 「不夠好吃」時可改成「～ not so great」，「超難吃」可改成「～ nasty!」

☑ 老家、出生的家＝雙親的家 parents' home。如此直接的表達方式，是英文特有的作風。

☑ 「久違地」為 for the first time in a long time。

word list 生字表

parents　雙親
brother / sister　兄弟／姊妹
grand parents　祖父母、外公外婆
cousin　表兄（弟姊妹）
uncle /aunt　伯父、叔叔、舅舅、姑丈、姨丈／伯母、阿姨、姑媽、嬸嬸
nephew / niece　外甥、外甥女／姪子、姪女
daughter / son　女兒／兒子

☑ 母親節為
「～my mother～ Mother's day」

老家寄東西來了。

I got a package from my parents.

今天整天待在家。

I stayed in today.

☑ stay in 意指「在家」、「沒有外出」。

我打掃了整個房子。

I cleaned all over my house.

☑ all over 指的是「全體、一絲都沒放過」；國民住宅可改成「my apartment」。

word list 生字表

my room　我的房間
the kitchen　廚房
the bathroom　浴室
toilet　廁所

我洗了堆積如山的衣服。

I did piles of laundry.

☑ pile 意指「堆積如山」，piles of laundry 等於「堆積如山的待洗衣物」＝非常多的待洗衣物。

我把櫃子裡的衣服換季換好了。

I changed my wardrobe for the new season.

我今天中午大睡了一覺。

I had a long nap.

☑ nap 是名詞，代表「午睡」、「小睡片刻」、「打瞌睡」，但也可當作動詞使用，表達「睡午覺」的意思。

我花了一整天欣賞預錄的連續劇。

I watched the recorded TV dramas all day.

☑「花了一整晚」等於 all night，順道一提，韓劇的英文是 Korean TV dramas。

我整頓了房間。

I rearranged my room.

☑ rearrange the room 代表「整頓了房間」，更大規模的「改裝房間」則為 redecorate the room。

沉浸在書中世界。

I was absorbed in reading.

☑ be absorbed in~ 等於「沉迷於～」、「埋頭在～」。

我好好地泡澡，放鬆了一下。

I took a long bath to relax.

我一個人出門。

I went out by myself.

我到附近散散步。

I went for a walk in the neighborhood.

☑ go for a walk 代表「出門散步」。

我到西門町購物。

I went shopping in Shibuya.

我去了剛開幕的麵包店。
I went to the new bakery.

我去了之前就想去的咖啡店喝茶。
I had tea at a cafe. I wanted to go there.

☑ 把整段拆成「在咖啡廳喝茶／之前就想去那間咖啡廳」思考，就能夠輕易翻成英文。若不想斷句，則可使用「I had tea at a café that I wanted to go to」。

我在咖啡店看書。
I read books in a cafe.

我買好了一星期的食材。
I stocked up on enough food to last a week.

☑ 「Stock up on」是事先囤貨的慣用語，「to last a week」表示「供一個星期使用」，這裡的「last」是「維持、夠用」的意思。

真棒的一天～

I had a good day.

☑ 覺得日子過得不順時，可改成「bad day」。

真有趣的一天！
I had a fun day!

今天發生了許多好事。
I had a day full of happiness.

真是充實的一天。
It was a productive day.

☑ productive 是形容詞，代表「收穫豐富的」、「有益的」。

我今天一整天無所事事。
I didn't do anything all day.

☑ 若是想表達「無事可做(清閒)的一天」，並非「懶洋洋的一天」時，可使用「I didn't have much to do today」。

今天可以放鬆一下了。
I was able to relax today.

☑ be able to 代表「可以～」。

真是忙碌的一天。
I had a busy day.

我好好地休息了一下，身心靈徹底放鬆了。
I took a good rest. I refreshed myself.

☑ 「身心靈充飽電」為「energized myself」。

我已經精疲力盡了。
I was exhausted.

☑ be exhausted 為「精疲力盡」、「累壞了」的意思。

今天天氣很好。
It was fine today.

☑ fine 代表晴天。
天氣不佳則為「bad weather」。

我的戀愛日記

書寫戀愛日記最重要的，就是能夠簡單扼要地
表達心情，記錄「戀人對象的事情」、「單戀的對象」、
「婚活遇見的人」等等。

先寫今天發生的事件

戀愛情緒的表達方式非常複雜，因此，建議先列出當天發生與戀愛相關的事件，比如去了哪裡、和誰見面或約會等，下一頁的例句，在這個時候就能派上用場。

中譯｜ 今天遇見了很棒的人！
他是我喜歡的類型☆
我對他一見鍾情了……♡

進一步描寫事件細節

第一句寫出事件主題後，第二句可以描寫對方，第三句寫下自己的感想，這樣就能輕易寫出有條有理的內容，同時還可記錄許多用英文來形容他人、表達情緒的方式。

中譯｜ 今天是我們的第一次約會！
他真的很溫柔……
讓我心裡小鹿亂撞～！

可參考
• 一天記事的 10 大基礎句型 ▶P.30
• 心情感受相關單字 ▶P.42
• 人物外觀・個性單字 ▶P.52
• 天氣・情緒・身體狀況單字插圖集 ▶P.24

10 / Mon.

I met a nice guy today!
He was exactly my type☆
I had a crush on him…

blush

簡單一個字也能夠表達出戀愛心情！

13 / Thu.

I had a first date with him today!
He was so gentle…♥
My heart was beating fast!

藉由插圖表示今天的心情或身體狀況。

It was great!

Bistro Pa
DAIKAN
-199
la cuisine

可以在手帳貼上約會店家的名片、照片等。

我遇見了很棒的男性。

I met a nice guy!

☑ 除了 a nice guy 之外，以英文為母語的女性也經常使用 a cool／cut／hot guy 形容「帥氣的男性」。▶P.52

他是我喜歡的類型！

He was exactly my type!

我對他一見鍾情♥

I had a crush on him ♥

我們之間有化學反應！

We had chemistry!

我們兩人的服裝品味很相近。

We share similar fashion sense.

☑「笑點」的英文為 sense of humor，「～方面的興趣（嗜好）」為 tastes of~

和他聊再多也不嫌膩～

We just couldn't stop talking.

不曉得他對我有什麼看法？

What did he think of me?

不知道他有沒有女朋友？

Does he have a girlfriend?

我一定要追到他！

Absolutely! I'll make him fall for me!

我已經傳簡訊給他了！

I already texted him.

☑ 手機簡訊的英文為 text，同時也可當作動詞「傳簡訊」使用。「他會傳簡訊給我嗎？」的英文為「Will he text me？」

我今天和他約會了♥

I had a date with him today

我很享受和他共度的時光～

I really enjoyed spending time with him.

他超溫柔♥

He was so gentle ♥

我的心小鹿亂撞！
My heart was beating fast!

他也覺得很開心嗎～？
Did he have a good time?

我和他牽手了！
I held his hand!

好想快點見到他！
I wanna see him soon!

我還想和他多相處一下……
I wanted to be with him longer...

下次約會要去哪裡呢？
Where should we go for a next date?

love him lots
我最喜歡他了。

戀愛用語

I'm in love!
我迷上他了！

他向我告白了！

He asked me out!

☑ 「我向他告白」的英文是「I asked him out」。

他看起來很害羞♪
He was blushing.

我好緊張。
I was nervous.

當然，我立刻答應了！
Of course, I said yes immediately!

☑ 要表達「總而言之」時，應將開頭改成「For now」。

事出突然，嚇了我一跳！
It was so sudden. I was surprised!

太開心了～！
How happy!

☑ 「他帶給我最棒的一天」的英文為「He really made my day」、「我是全世界最幸福的人！」則為「I'm the happiest woman in the world」，這些都是以歐美女性表達幸福、快樂的常用方式。

我有點倒胃口……
It turned me off a bit...

抱歉，我沒辦法……
Sorry, no chance...

☑ 告白被對方拒絕時，英文為「He turned it down」。

今天是專屬我們的記念日！

It was our anniversary today!

今天是我（男朋友）的生日。
It was my (boyfriend's) birthday today.

和他在一起真的很幸福♥
I'm so happy to be with him ♥

我發誓：「我們要永遠在一起。」
I swore "we would stay together forever".

慶祝記念日的蛋糕好美味！
The anniversary cake was delicious!

他送了我戒指當作禮物！
He gave me a ring as a gift / present.

我們度過了浪漫的一天（晚）♥
We had a romantic day (night).

☑ 想表達第○年、第○次記念日，只要加上序數詞即可，如：our 1st anniversary／our 2nd anniversary。

☑ 如果送的是生日禮物，則可改成「for my birthday」。

我和他吵架了……

I had a fight with him.

他的態度很過分！
His attitude was horrible.

絕對是他的錯！
It was entirely his fault!

超想哭。
I felt like crying.

我可能說得太過分了……
Maybe I went too far...

明天要好好地向他道歉。
I'm going to apologize to him tomorrow.

☑ 「他那句話很過分」的英文是「That one thing he said was horrible」。

☑ 「他才應該道歉！」的英文是「He should apologize to me」。

☑ went too far 有「說得太過火」、「做得太過火」的意思。開頭加上 Maybe 的話，能夠表達出「或許～」的不確定感。

男朋友劈腿了！

He was cheating on me!

我再也無法相信他了！
I can't trust him anymore!

我（氣得）渾身發抖……
I was trembling...

我不想聽藉口！
I don't listen to his excuses!

原來他對我不是認真的。
I thought he really liked me.

我們已經回不去了……
We can never get back together...

明天要好好問清楚。
I'm going to confront him about this tomorrow.

☑ 「cheat on A」具有瞞著 A 劈腿、背叛 A 的意思。

☑ 「get back together」是「回到原本樣子」的意思。

☑ 「confront」有面對困難、蒐集證據的意思。這裡指的是要針對劈腿這件事情與男朋友當面對質。

我今天和男朋友分手了……

I broke up with him today...

我對他沒感覺了。
I lost all interest in him.

簡單來說，就是我被甩了……
Quite frankly, he dumped me...

眼淚止不住……
I can't stop crying...

分手之後覺得輕鬆多了！
I'm so glad! It's over!

我要交到新的男朋友！
I'm going to find a new boyfriend!

☑ 若開頭寫出 Finally 代表「終於、終究～」，能夠表達出「為爭執劃下句點」的感覺。

☑ dump 是甩掉戀人的意思，若要把「我」放在主詞，可寫成「I was dumped by him」。

☑ 我難過得什麼也做不了 I'm too sad to do anything. ／我無法振作了 I don't think I can go on.

☑ Over 代表結束。

☑ 「我想回到過去」的英文為「I want to get back together」。

今天去了聯誼活動！

I went to a mixer today!

今天的聯誼很有趣～！
Today's mixer was awesome!

由美好像也喜歡他……
Yumi seemed to like him too...

覺得和小修相處得不錯！
I hit it off with Osamu kun!

我拿到他的電子信箱了！
I got his email address!

下次要再加油！
I'm going to try harder next time!

☑ 聯誼活動的英文可以用「mixer」、「matchmaking party」來表示，「matchmaking」是「作媒」、「撮合」的意思。

☑ 「Awesome」是歐美年輕人口語用詞，代表「很棒」、「有希望」的意思，「沒希望」的話可用「not so awesome」表示，「不錯，但是沒有很驚艷」的話可用「great」。

☑ 「hit it off」是相處得很好、很合拍的意思。

☑ 「電話號碼」的英文是「phone number」。

☑ 「try harder」表示「要再更努力」、「要加把勁」的意思。

他向我求婚了！

He proposed to me!

他想帶我去見他的父母。
He asked me to meet his parents.

和他在一起一定會很幸福。
I'll be happy with him!

我一輩子都忘不了今天的事情。
I will never forget about today.

我該不該和他結婚呢？
Should I marry him or no?

坦白說，我覺得很猶豫……
Frankly I was bewildered...

想到婚禮就覺得好興奮～
I'm so excited about the wedding.

☑ 主動向男朋友求婚時，可用「I proposed to him」表示。

戀愛用語

all right!
太好了！

I don't want anything!
我不需要其他的了！

☑ 「be bewildered」有「困惑」、「訝異」的意思。

我的工作日記

在手帳寫下專屬自己的工作日記，包括開心的
事情、沮喪的事情等，有助於提振工作幹勁喔！

標題寫上當天工作

將印象深刻的工作寫成標題，
接著再以三句表達出工作內
容，事後再回頭閱讀行事曆
時，即可立刻看懂。當然也可
以直接寫在行程表的空白處。

企畫會議
中譯
我提出的企畫通過了！
還被主管稱讚
好開心～～～
好，我要保持這種狀態！

沮喪時就激勵自己

在日記的最後一句，寫下對
自己的評語吧，從客觀的角
度來審視自己，有助於提升
對工作的熱誠喔！

加班
中譯
今天我負責的工作出了狀況，
所以加班到晚上9點，
還給主管添了麻煩。
我要好好轉換心情！

4/Mon.

♪

/go right on
ahead!

PLANNING MEETING
My proposal was
accepted!
I got a compliment
from my boss♪
I was sooo glad!

在插圖下方寫些自己
的想法。

7/Thu.

/change my
mood!

OVERTIME WORK
I had a trouble at my
work today.
I worked overtime until
9:00pm.
I annoyed my boss…

可參考
- 一天記事的 10 大基礎句型 ▶P.30
- 心情感受相關單字 ▶P.42
- 天氣・情緒・身體狀況單字插圖集 ▶P.24
- 時間相關單字 ▶P.98

Make a document by Monday

Book a flight ticket

To Do筆記很適合寫
有截止日期的工作事
項，不需在乎主詞，
簡單寫即可。

今天有會議。

We had a meeting today.

會議太冗長了⋯
The meeting was so long...

我打瞌睡了。
I was dozing.

> ☑ doze 是打瞌睡的動詞，要表達「不小心睡著」時，也可使用「I fell asleep」或「I felt sleepy」。

而且⋯還沒討論出結果。
Besides...we haven't decided anything.

> ☑ besides 是副詞，代表「除此之外〜」的意思。

我剛剛簡報時很緊張。
I was nervous giving the presentation.

製作資料真的很麻煩〜
Making documents was hard work.

> ☑ 「端茶〜」為「serving tea」，「調整日程」為「scheduling」。

我的企畫被否定了。
My proposal got turned down...

我已經清楚地表達出自己的意見！
I could express my opinion directly!

> ☑ express my opinion 代表「提出自己的意見」;「無法表達任何意見」則為「I couldn't say anything」。

工作進行得很順利！

I did well at work!

我的企畫通過了！
My proposal was accepted!

今天的工作進展順利。
I made good progress with work.

morning meeting 朝會
meeting 會議、討論
make a document 製作資料
do my proposal 製作企畫書
make my report 製作報告書
workshop 工作坊
business trip 出差
overtime work 加班
business entertaining 商務接待
go straight to work 直接上班
go straight home 直接回家

word list 生字表

我成功拿到合約了！
I got a contract!

> ☑ 「〜新契約」為「a new contract」,「〜訂單」為「an order」。

我達到業績了！
I filled my quota!

> ☑ 「quota」代表配額、業績、負責的工作。

我受到主管稱讚了。
I got a compliment from my boss.

我讓客戶感到高興。
I made the client happy.

我突然被晉升了！
Surprisingly, I got promoted!

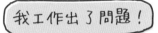

I had a trouble at my work!

我遲到了 5 分鐘。
I was five minutes late.

我很擔心能否順利招攬到客人…
I'm worried about attracting customers...

☑ 黃底可替換成「銷售狀況 sales」、「交期 about delivery date」、「完成進度 about perfection level」

我讓主管生氣了…
I annoyed my boss...

我被催著應付這些問題。
I was pressed to deal with the problem.

我把文件遺忘在客戶辦公室了。
I left my documents at my client's office.

為什麼會發生這種事情？
How could this happen?

總之先把工作完成吧。
I'm going to finish the work anyhow.

他們要求我寫悔過書…
They made me write a letter of apology...

主管吼了我…
My boss shouted at me...

明明不用說得那麼苛刻…
Even so he/she was so judgemental...

後輩瞧不起我。
The junior staff made fools of me.

今天出差。

I was on a business trip today.

我搭了首班新幹線。
I got on the first Shinkansen in the morning.

☑「末班車」可改成「the last~ in the evening」，新幹線的英文可使用代表高速列車的「bullet train」。

我搭 6:15 從羽田機場出發的 JAL051。
I got on Flight JAL051 from Haneda at 6:15.

我買了饅頭要送給辦公室的同事。
I bought Manju for my coworkers.

☑「bought A for」代表「買了 A 給～」，有購買伴手禮送人的意思。「職場同事」可以用「my coworkers」、「for my office」等。

我第一次拜訪 A 公司。
I visited A Company for the first time.

今天是「不用加班日」。
Today was "no-overtime-day".

☑「不用加班日」是日本特有的文化，因為加班在歐美並非理所當然，大部分的人都會準時下班。

今天加班到晚上 9 點。
I worked overtime until 9:00pm.

今天休了一天假。
I took a day off today.

☑「day off」代表「休假」，休半天假可使用「a half-day off」，連假則可使用「a vacation」。

我去找工作了

I job-hunted.

☑ 英文口語常用「job-hunt」表達「求職」。

我寄出了履歷表。
I submitted my CV.

☑ CV 是 curriculum vitae resume 的縮寫，代表「履歷表」。也可直接稱為「resume（概要）」。

我獲得 A 公司錄取了。
I got accepted by A Company!

我參加了求職研討會。
I joined a job-hunting seminar.

☑ 黃底處可以視參加的研討會，改成適當的名稱，例如：商務技能 business skill ／創業 starting a business ／自我啟發 self-enlightenment。

我的財務日記

在手帳記下一天生活的收支、財務相關事件，或是個人存錢目標等。用英文記帳，會營造出一種住在國外的氛圍，非常新鮮喔！

列出規劃讓儲蓄更順利

生活中發生大小開銷時，立即將收支內容、感想等記錄在手帳裡，可以幫助我們對每一筆收支更多一點心思，進而早日打造出「存錢體質」！用英文記帳還有一個優點，萬一不小心被他人看見時，財務狀況不容易立刻被看透。

（發薪日）
中譯｜我開始每個月存3萬日幣！每次看存摺都覺得好期待～

空白處就是簡單家計簿

一到發薪日、月底時，不妨進行下一個月的收支預算吧！帶著像是住在國外的愉快心情，記下每天消費的品項與金額，可大幅增加英文單字量。

我要存下 **300萬日幣**！
中譯｜月收入 **25.5萬日幣**
〜預算〜
（下列費用明細中譯 ▶P.76）

可參考

• 一天記事的 10 大基礎句型 ▶P.30
• 財務夢想 ▶P.110
• 英文名言・格言集 ▶P.120

發薪日、三節獎金日等令人開心的日子，就畫上大大的對話框吧！

> **PAYDAY!**

11 / Mon.

> I started to have cumulative deposits: 30,000 yen a month. I look forward to seeing my bankbook!

有明確的存款目標，才存得了錢！ ▶P.110

> I'll save three million yen!

income	¥ 255,000

---------budget---------

• savings	¥ 30,000
• rent	¥ 70,000
• utility charges	¥ 15,000
• food expenses	¥ 30,000
• social expenses	¥ 30,000
• clothing expenses	¥ 5,000
• miscellaneous expenses	¥ 50,000
• credit	¥ 25,000

----

total	¥ 255,000

今天是發薪日！

Today was payday!

加薪了！

I got a raise!

距離發薪日還有 5 天。

5 more days until payday.

終於收到獎金了！

I finally received a bonus!

我拿到了臨時收入！

I made extra income!

我收到兼差的薪水了！

I got paid from my part-time job.

爸媽給了我零用錢。

I received an allowance from my parents.

我存了 5 萬元。

I saved 50,000 dollars.

我從年終獎金中拿了 1 萬元出來存。

I saved 10,000 dollars from my bonus.

我開始定存了。

I started to have a time-deposit account.

我開了存款帳戶。

I opened a bank account.

我很期待看到存摺。

I look forward to seeing my bankbook!

我用小豬撲滿開始存下 50 元硬幣。

I started to save 50 dollars in my piggy bank.

rich♪
有錢人♪

財務用語

yay♪
耶～♪

☑ 「an extra income」代表臨時收入，made 與 earn 都有「賺」的意思。

☑ 算時薪的兼差稱為「part-time job」。

☑ 「allowance」是指每個月或每週固定領取的津貼，如果是自己偶爾多給雙親的錢，可使用「I gave my parents a little extra money」。

☑ 「save」意指儲蓄，「saving」代表存款，日幣前面可以加上¥符號。

word list 生字表

saving account　一般存款帳戶

cumulative deposits
系統每月自動提撥的存款

foreign currency deposits
外幣存款

☑ 「piggy bank」直譯為小豬銀行，意指「兒童也可使用的撲滿。」

我買了 A 公司的股票。
I bought stocks from A Company.

我買的股票賺錢了。
I made money in the stocks.

水電費支付日。

A utility payment day

我繳了手機通話費。
I paid for my cell phone bill.

我匯了房租。
I paid for my rent through the bank.

我的信用卡費用，會從帳戶自動扣款。
My card payment was made by direct debit.

我從帳戶領了 1 萬元。
I withdrew 10,000 dollars from my account.

我刷了存摺。
I had updated my bank book.

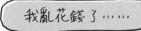
我亂花錢了……

I wasted money...

我衝動購物了。
I made an impulse purchase.

我用信用卡買了衣服。
I bought clothes with my credit card.

我用信用卡買了香奈兒的包包。
I bought a CHANEL bag on credit.

我不小心買了很貴的東西～
I made a bad bargain.

word list 好好學

electricity bill　電費
gas bill　瓦斯費
water bill　水費
Internet bill　網路費
newspaper bill　訂報費
ticket bill　門票錢
course fee　聽課費
participation fee　參加費
monthly fee　每個月的零用金
tuition　學費

☑ 「direct debit」是從帳戶扣款。

財務用語

This is bad!
糟了！

I'm so broke!
超缺錢！

今天不小心花了太多錢……
I spent too much money today…

我該多存點錢的～
I should have saved some money.

月底好窮～！！
I'm so broke at the end of the month!!

帳戶裡只剩 5 千元！
I have only 5,000 dollars in the account.

我要控制預算！
I must budget!

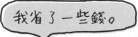

I saved some money!

我帶便當，以節省餐費。
I brought my lunch box. I saved some money on my lunch.

今天開始記帳。
I started to keep my household accounts.

我買了特價品。
I got a good bargain.

我省下了 3 千元。
I saved 3,000 dollars off.

超划算的。
It was a good deal.

我以 5 折價格買到夏季服裝。
I bought summer clothes 50% off.

我用優惠券買到便宜的生活用品。
I bought housewares cheaper with coupons.

我透過網拍買了鞋子。
I bought shoes in an internet auction.

income　收入
savings　存款
payment　支出
utility charges　水電費
food expenses　飲食費
social expenses　交際費
clothing expenses　治裝費
miscellaneous
expenses　雜費
total　合計
balance　餘額

word list 生字表

good at managing!
很會管帳！

well done!
做得好！

財務用語

☞ 「賣掉」時可改為「I sold ～」。

我的出遊日記

和朋友見面、看電影、去主題樂園等,如果連遊玩的回憶都用英文書寫,就能夠大幅提升趣味性!

日記貼上照片及感想

書寫的訣竅之一,就是呈現出當下的開心氛圍,並將印象最深刻的事情,一件一件地列出來,如果能再貼上照片、同行者的姓名、感想的話就更棒了。

中譯
今天是姊妹淘的聚會!
莉雅說的那件事超好笑的啊~喝太多了~
「真開心~!」

寫出活動的專有名詞

看電影、博物館、參加活動等,不妨寫上會場、活動名稱或演出者的姓名等英文名稱,這樣不僅可記錄當天的資訊,還可學到許多平常不會用到的詞彙。

中譯
我去澀谷看了電影。
李奧納多・狄卡皮歐好帥~
我也想談場像電影般的戀愛!♥
這部電影是《大亨小傳》。

可參考

・一天記事的 10 大基礎句型 ▶P.30
・心情感受相關單字 ▶P.42

---

11 / Fri.

We had a girls' night out today! Rie's story was so funny. Gee... I drank too much♪

We had fun!

貼上有關的照片吧,打造出相簿般的手帳本

---

16 / Sun.

I saw a movie in Shibuya. Leonardo DiCaprio was so hot♥ I want to fall in love like in the movies!

The title was

THE GREAT GATSBY

電影、活動的名稱或主題可以寫得醒目些。

今天是姊妹淘聚會！

We had a girls' night out today!

今天參加了同學會。
I went to the reunion today.

大聊特聊，讓壓力都消失了～
I released my stress by talking my jaw off.

我們開心地聊著戀愛相關的話題。
We told about relationships. We had fun!

小稚最近沒什麼精神。
Chie's down lately.

莉雅說的那件事情超好笑的！
Rie's story was so funny!

我交到了新朋友。
I made a new friend.

我今天在臉書上按了 10 次「讚」。
I liked 10 times on Facebook today.

我和朋友吃了午餐。

I had lunch with my friend(s).

我約了由美去吃午餐。
I asked Yumi to go out for lunch.

我們約在赤坂的星巴克。
We met at the Starbucks in Akasaka.

我們吃了法式料理。
We had French food.

好好吃～！
It was tasty!

✏ Sally's notes

☑ 「girls' night out」一般用於口語，代表只有女性成員一起出門。

☑ 同期聚會 class reunion／校友會 class reunion, alumni association

☑ 「jaw」代表談天、閒聊。

☑ 與減肥有關的話題 about diet.／與職場有關的話題 about work-related stuff

☑ 「很感人」為「～ made me cry」，「很勵志」為「～ encourage me」。

☑ 「臉書的「讚」用英文表達為「like」。講到臉書，通常就會使用「按讚」的動詞。

☑ 晚餐 dinner／茶 tea。邀請「invite」用在出外吃飯，通常有「請客」之意。

☑ 義式料理 Italian ～／中華料理 Chinese ～／日式料理 Japanese ～

今天有飲酒會。

I went to a drinking party.

大家一起在池袋的居酒屋喝酒。
We drank at a pub in Ikebukuro.

今天喝太多了～
I drank too much today.

這裡的啤酒最好喝了！
Today's beer tasted extra special!

國王遊戲炒熱了現場氣氛。
We had fun playing "King Game".

續攤去唱卡拉 OK
The after-party was held at Karaoke ♥

男生們大唱 EXILE 的歌。
The guys passionately sang an "EXILE" song.

差點趕不上捷運末班車。
I almost missed the last train.

I had fun!
真有趣～！

I got drunk!
我喝醉了～！

玩樂
用語

☑ 日本流行「國王遊戲」，歐美則流行「真心話大冒險（truth or dare）」，不說出自己的秘密就必須接受懲罰，同樣都是炒熱氣氛的遊戲。

word list 生字表

comedy　喜劇片
action　動作片
horror　恐怖片
suspense　懸疑片
fantasy　奇幻片
S F sci-fi　科幻片（science fiction 的縮寫）
cartoon / animation　動畫片

我去看了電影。

I went to see a movie.

電影名稱為《大亨小傳》。
The title was "The Great Gatsby".

我大哭了一場。
I cried my eyes out.

男主角強尼戴普好帥！
The leading actor Johnny Depp was hot!

我想談一場電影般的戀愛♥
I want to fall in love like in the movies ♥

☑ 要強調愛情片的話，可以藉 a romance movie 替換 a movie。

☑ 「深受感動」I was moved.
「爆笑出聲」I laughed my head off.
「緊張得忘了呼吸」It was breathtaking.
「重新得力了」I felt refreshed.
「很可怕」It was scary.
「很無聊」It was boring.

我去了美術館。

I went to the art museum.

靜靜地欣賞了藝術品。
I was able to appreciate the art calmly.

那裡有許多很棒的作品。
There were many great art works.

（那些作品）充分地刺激了我的品味。
It stimulated my senses!

美術館好多人。
The art museum was crowded.

排隊排了兩小時！
I had to line up for two hours!

我在博物館商店買了繪畫作品集。
I bought an art collection book in the museum shop.

word list 生字表

museum　博物館
gallery　畫廊
art exhibition　藝術展
photo exhibition　藝術展
personal exhibition　個展

☑ 「空蕩蕩的」是「wasn't crowded」。

我去了遊樂園。

I went to the amusement park.

☑ 「I went to ～」後方要接目的地的名詞，不是專有名詞的話，就必須在開頭加上 the 或 a。

享受賞花的樂趣。
I enjoyed cherry blossom viewing.

玩了一整天，好開心！
I had fun all day hanging out!

我在雲霄飛車上大聲慘叫！
I cried at the top of my lungs on a roller coaster!

我買了玩偶當紀念品。
I bought a stuffed animal as a souvenir.

我把照片上傳到臉書。
I uploaded photos to Facebook.

word list 生字表

Tokyo Disneyland (TDL)
東京迪士尼樂園
Universal Studios Japan(USJ)
大阪環球影城
zoo　動物園
aquarium　水族館
planetarium　天象儀
bowling alley　保齡球場
hot spring bath　溫泉設施
fireworks display　煙火大會

我的興趣日記

旅行、料理、音樂、攝影、寵物、運動等，將
自己的興趣記在手帳上，可以使樂趣倍增！

 Point

先按照內容整理出重點

很多人在寫自己的興趣時，
會想要把所有事情都寫一遍，
但是一開始請先從寫 3 行練
習，試著抓出重點，將前往
的地方或感想，以「簡單的
一句英文」寫出來！

「登山女孩日記」

中譯　我今天挑戰了六甲山！
　　　在大自然中洗滌了身心～！
　　　還泡了有馬溫泉喔

 Point

記錄簡單的活動資訊

試著寫下各種活動的資訊，
若是運動日記，就記錄比賽
時間與結果；旅行日記就記
錄行程；料理日記就記錄食
譜；攝影日記就記錄拍攝位
置等等。這些記錄能夠幫助
提升持續寫手帳的動力！

六甲山

中譯
＊標高：931.3公尺
＊行程：蘆屋川→風吹岩→雨之
　　　　→山頂
＊步行時間：4小時30分鐘
「下次還要再來！」

可參考

・一天記事的 10 大基礎句型　▶P.30
・天氣・情緒・身體狀況單字插圖集　▶P.24
・料理日記・旅行日記　▶P.11

加上日記標題，看起來
更有趣。

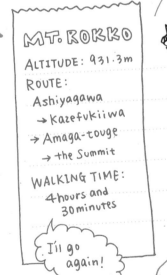

Yamagirl's Diary♪

11 / Mon.

I tried trekking in
Mt. Rokko.
I felt refreshed in nature!
I took a hot spring
in Arima♪

MT. ROKKO
ALTITUDE: 931.3m
ROUTE:
Ashiyagawa
→ Kazefukiiwa
→ Amaga-touge
→ the Summit
WALKING TIME:
4hours and
30minutes

I'll go
again!

若興趣是運動，可畫出當天
穿著或貼上照片做記錄。

我去旅行了。

I took a trip!

我和由美子一起搭新幹線去京都。
I went to Kyoto with Yumiko by Shinkansen.

我在溫泉旅館住了兩晚。
I / We stayed at a hot spring inn for two nights.

我參訪了八坂神社。
I paid a visit to Yasaka shrine.

我吃了當地名產「鰻魚三吃」。
I had a local special dish "HITSUMABUSHI".

我在 A 觀光景點拍了照。
I took a picture at the A. It's a tourist spot.

從飯店房間的窗戶看得見海。
I saw the ocean from the hotel window.

轉眼間就過了兩天。
Two days finished in no time!

這次旅行真令人難忘！
This trip was unforgettable!

我一定還要再來！
I definitely wanted to come again!

我親手做了料理。

I made home cooking.

今天做了漢堡排。
I made hamburger stakes today.

今天挑戰了法式料理。
I tried French cooking!

✏️ **Sally's notes**

- ☑ 當天來回的旅行 a day trip／過夜旅行 an overnight trip

- ☑ 車 car／飛機 plane／電車 train／巴士 bus

- ☑ 渡假飯店 resort hotel／高級飯店 luxury hotel／民宿 guest house

- ☑ 「pay a visit to ～」代表「去參訪～」。

- ☑ 若想加上「早餐／午餐／晚餐」，可在文末加上「for breakfast／lunch／dinner」。

- ☑ 能量景點 power spot／壯麗美景 superb view／隱密景點 out-of-the-way spot

word list ₩字表

itinerary　旅遊行程
packing list　行李清單
gift list　伴手禮清單
a gift for ～　給～的伴手禮

- ☑ 想表達「下次要和男朋友一起來」時，可在文末加上 with my boyfriend，如果是「想要來度蜜月」，可加上 on my honeymoon。

- ☑ 烤麵包 I baked bread.／做點心 I made sweets.／做便當 I packed a lunch.

- ☑ 日式料理 Japanese ～／義式料理 Italian ～／中華料理 Chinese ～／民族料理 Ethnic ～

蔬菜濃湯的食譜。

white stew recipe

食譜單字表 word list for recipe

材料 Ingredients	製作方法 How to cook	
2 servings　2 人份	cut a potato　切馬鈴薯	boil　煮
1 big tsp　1 大湯匙	mince　切碎	steam　蒸
1 tsp（＝ tea spoon）　2 小湯匙	Bake 燒烤（使用烤箱）	mash　搗碎
1 cup　1 杯	Broil 燒烤（使用火烤）	mix　混合
1 pack　1 袋	Grill 燒烤（使用烤網）	stir　攪拌
1 piece　1 塊	heat ~ in a microwave oven	pour　傾注
1 slice　1 片	放進微波爐	put　放在~上面
a little　少許	fry　炒	add　添加

※ 複數請將各單位改成複數型態。

今天的料理是咖哩、沙拉與湯。

Today's menu is curry, salad and soup.

看起來很好吃！

It looked very nice!

下次要做得更好。

I'll try to make it better.

我 PO 到食譜部落格了！

I'll post on the recipe blog!

料理用語

It was tasty!
好好吃！

not very good…
失敗了…

well done!
做得不錯！

我去聽爵士演奏會。

I went to a jazz concert.

今天是巡迴演出的首日。

It was the opening day of the tour!

今天的 Live 令人瘋狂！

I totally freaked out at their performance today!

他真的很帥。

He was seriously so cool.

我聽到了最喜歡的曲子《A》了！

I enjoyed listening to my favorite song,"A".

☑ SMAP 的 ~ SMAP's ~／古典的 ~ classic ~

☑ 最終場表演可用「closing day」。

☑ Freak out 指的是興奮得不得了的狀態，是歐美人士口語常用的表達方式。

他真的唱得很好。
He sang really well.

☑ 唱得不好的話，可使用「badly」。

這首歌真的令人印象深刻⋯⋯⋯⋯
That music was really impressive...

很棒的演唱會。
It was a wonderful concert!

word list 生字表

venue 會場
the show starts 開演
seat 座位
program 節目表
set list 曲目表

拍了照片。

I took photos!

word list 生字表

shooting locations 攝影場所
model 模特兒
theme 主題
title 標題
impression 感想

☑ 強調 1 張照片的話，應使用 a photo（其他例句亦同）。

我拍了風景照。
I took scenic photographs.

☑ 人物照 portraits ／建築照片 architecture photographs ／料理照片 food photographs

我拍到了很喜歡的照片。
I took a nice photo!

真是如詩如畫的地點／人啊！
The place / person made a good picture.

不小心手震了⋯⋯⋯⋯
The photo came out blurred...

click
喀嚓

攝影用語

Say, cheese♪
説：「起～司♪」

我拍了黑白照片。
I took a black-and-white photo.

我和寵物玩。

I played with my pet.

☑ Pet 可替換成狗 dog ／貓 cat ／鸚哥 parakeet ／倉鼠 hamster ／兔子 rabbit

我今天早上帶 John 去散步。
I took a walk with John this morning.

☑ 早晨 early morning ／傍晚 evening ／深夜 midnight

今天 John 依然很活潑！
John was energetic as usual!

☑ 「John 沒什麼精神」的英文為「John wasn't so energetic」。

John 咬我⋯⋯⋯⋯
John bit me...

我在寵物店買了 John 的飼料。
I bought dog food for John at a pet shop.

☑ 服裝 clothes ／牽繩 lead ／項鍊 collar ／狗籠 dog cage

我和 Tama 玩了一整天。
I played with Tama all day.

Tama 吃了很多。
Tama ate a lot.

☑ 若想表達「吃得不多」，可寫成「Tama didn't eat a lot」。

我帶 John 去看醫生。
I took John to vet.

☑ 獸醫 vet = veterinarian 的縮寫

I went mountain climbing.

☑ go 的後面加上～ ing，即代表「前往～活動」的意思。泛舟 rafting ／潛水 diving ／划獨木舟 canoeing

我挑戰登上屋久島。
I tried trekking in Yakushima.

word list 生字表
altitude 標高
weather 天氣氣候
conditions
route 路線
walking time
步行時間

美夢成真！我登上了念茲在茲的富士山！
My dream has come true! I climbed Mt. Fuji.

我在山頂看了日出！
I enjoyed the sacred sunrise at the summit.

景色真的太美好！
The view was magnificent!

在大自然中讓身心煥然一新。
I felt refreshed in nature.

我和「登山女孩」一起露營。
I had a camp with my "Yamagirl" friends

登山用語
I was moved!
我很感動！
yahoo!
呀呼！
I really feel good!
感覺很舒服！

I ran / jogged.

☑ 不管是日常跑步或為鍛鍊而跑，都可以使用 run／jog。

我今天跑了三公里。
I ran 3 km today.

我今天早上 6 點跑步。
I ran around 6:00 this morning.

今天沒跑步。
I skipped running today.

我買了新的慢跑鞋。
I got a new pair of running shoes .

☑ 慢跑服 running wear

我完成了半程馬拉松。
I entered a half marathon race.

我第一次參加東京馬拉松。
I ran in Tokyo marathon race for the first time.

今天的馬拉松很辛苦。
I felt today's marathon was really hard.

☑ ～很輕鬆 ～ very easy ／～很舒服！
～ feeling nice ／以我的步調跑步 I
ran at my own pace.

I played tennis today.

☑ I play ～的後面可以接的運動，包括：
高爾夫球 golf ／室內足球 futsal ／足
球 soccer 或 football 等。

我練習了高爾夫球。
I practiced golf.

☑「我參加了高爾夫球課」 I took a
golf lesson.

覺得自己還需要再加強練習…………
I needed more practice.

我加入了室內足球俱樂部。
I joined a futsal club.

觀賞足球賽好刺激！
Watching soccer game was exciting!

我報名了滑雪行程。
I made a ski tour reservation.

今天進步了許多！
I improved a lot today.

☑「非常困難」 It was pretty difficult.

我想趕快參加比賽！
I wanted to have a game soon.

我的美容健康日記

用英文記錄下減肥瘦身、皮膚狀況、頭髮保養、日常身體
等狀況，藉著記錄養成習慣，有助於提升個人的美麗與健康。

減肥瘦身最適用英文

不想要被其他人看見的減肥瘦
身日記，最適合用英文書寫
了。如此一來，當旁人不小心
看見內容時，一時之間也不太
確定記錄的內容，令人可以放
心地養成每日書寫的習慣，提
升達成目標的機會！]

中譯

今天跑了三公里♪
整天攝取的熱量也控制在1500大
卡！減了1公斤！我可以的！
「今天的體重51公斤、體脂肪率
28%、攝取熱量1480大卡。」

畫上身體狀況相關插圖

藉由插圖，表達當天的身體狀
況，即可輕鬆地做好身體管
理。請試著在生理期等特別日
子，盡情發揮創意，創作出專
屬自己的插圖。

中譯

今天肌膚狀況欠佳……
果然，生理期又到了。
肚子好痛喔～

可參考

•一天記事的 10 大基礎句型 ▶P.30
•天氣・情緒・身體狀況單字插圖集 ▶P.24
•心情感受相關單字 ▶P.42
•我的美麗夢想日記 ▶P.114

---

17 / Mon.

I walked for 3km today♪
I kept my daily calorie
intake to 1500!
I lost 1 kilo! I'll do it!

記錄體重、體脂肪等數
據，還有減肥目標等。

> TODAY's
> weight : 51kg
> BFP : 28%
> calorie intake : 1480kcal

※BFP=Body Fat Percentage

20 / Thu.

My skin condition is
bad...
I knew I got my period.
My cramps were
killing me.

為生理期創作只有自己
看得懂的插圖。

> TODAY's
> weight : 51.5kg
> BFP : 28%
> calorie intake : 1350kcal

我正在減肥！

I'm on a diet now!

我體重減了 1kg！
I lost 1 kilo!

體脂肪率超過了 30%。
My body fat percentage exceeded 30%.

一整天攝取的熱量控制在 1500 大卡。
I kept my daily calorie intake to 1500.

我忍不住吃了甜點。
I couldn't resist sweets.

今天好好地做了運動。
I properly did my exercise today.

今天跑了 3 公里。
I walked for 3 km today.

我在健身房做了 1 小時運動。
I exercised at the gym for an hour.

今天化完妝的效果不錯！

I looked good with my makeup!

我今天畫了大濃妝。
I put on lots of makeup today.

今天脫妝的問題很嚴重⋯⋯⋯⋯
My makeup came off so much today.

我用了較成熟的紅色口紅。
I applied red lip stick to look mature.

我今天眼線畫得不錯！
I put on eyeliner nicely!

✎ Sally's notes

☑ （體重）增加可使用 gained ～。公斤也可直接寫 kg。

☑ 低於 30% 可使用～ was below 30%。

word list 生字表

weight　體重
B／W／H　三圍
I ate⋯　吃下的食物
program　計畫表

☑ ～偷懶了為 I skipped ～

☑ 我跑了～為 I ran ～

☑ 做了瑜珈 did Yoga ～／做了伸展運動 stretched ～／跳舞了 danced ～

☑ 淡妝可使用 light makeup。

word list 生字表

eyebrow　眉毛
eye shadow　眼影
blusher　腮紅
mascara　睫毛膏
false eyelashes　假睫毛

☑ 失敗的話可使用「I couldn't put on ～ nicely」，並將失敗的項目名稱填入黃底處即可。

肌膚狀況很好！

My skin condition was good!

☑ 若是欠佳的狀況，就把 good 改成 bad。

我仔細地洗了臉。
I carefully washed my face.

今天是肌膚保養日！
I took care of my complexion today!

肌膚變得乾燥粗糙，所以做了保濕。
My skin's so dry. I moisturized it with a lotion.

word list 生字表

lotion　化妝水
milk lotion　乳液
moisturizing cream
保濕霜
facial cleanser　潔面乳
makeup remover　卸妝液

這瓶精華液很好用♪
This beauty essence is very nice ♪

為了明天的約會事先敷面膜。
I applied a face pack for a date tomorrow.

我長出了黑斑。
I got a blemish.

☑ 黑斑也可使用「spot」，blemish 是歐美人士的美妝用語。

我很在意我的毛孔…………
I was self-conscious about my facial pores...

word list 生字表

wrinkles　皺紋
imples　青春痘
laugh lines　眼尾紋
sun-burned　曬黑

我長出痘痘了，好煩…………
I get pimples. I hate it...

我去了護膚沙龍。

I went to the esthetic salon.

我進行了臉部保養。
I had a facial treatment.

word list 生字表

aromatic massage
精油按摩
foot massage
腳底按摩
shiatsu　指壓
osteopathy
整體、整骨

我在 spa 享受了按摩。
I got a massage at a spa.

我舒服地睡著了。
It felt so good. I fell asleep.

我去了美髮沙龍。

I went to a hairdressing salon.

我爽快地把頭髮剪短，改變了形象。
I got my hair chopped off. I changed my look!

✔ Chop off 代表乾脆地剪掉了，「image change（改變形象）」是日式英文，必須特別留意。

我一口氣把頭髮剪得很短。
I got my hair cut very short.

我燙了捲度柔和的頭髮。
I got my hair softly permed.

✔ 捲度較明顯 hard ／燙直 straight

我燙了一頭女人味滿點的大捲髮。
I made my hair look girly by curling it.

和髮型師聊天很開心。
I like talking with the hairdresser.

我護了髮。
I gave my hair a treatment.

我用電捲棒把頭髮捲得不錯。
I got a nice hairstyle with a curling iron

perfect condition!
狀況超級好！

健康美容用語

It's really soothing
我被治癒了～

我去了美甲沙龍。

I went to a nail salon.

✔ nail salon 可換成各式各樣的沙龍名稱，例如：美睫沙龍 eyelash extension salon ／日光浴沙龍 tanning salon。

我做了法式美甲。
I got a French manicure done.

word list 生字表

polka dot　圓點
star　星型
heart　愛心
ribbon　緞帶
stripe　直線
border　橫線
check　格紋

我做了花朵圖案的指甲彩繪。
I got a flower patterned manicure.

我做了去角質保養。
I took care of my cuticles.

今天擦了紅色的指甲油。
I gave myself a red manicure today.

✔ 如果是腳趾甲就要把 manicure 改成 pedicure。

生理期來了……

I got my period...

生理痛超嚴重！
My cramps were killing me.

✔ 輕微時的英文為～ were not so bad。

這次生理期比平常提早了五天。
I got my period 5 days earlier than usual.

✔ 晚了～的英文為 later。

生理期的量好多。
I had heavy menstrual flow.

✔ 量少時的英文為 light。

生理期還沒來…………
My period is late...

我驗孕了。
I took a pregnancy test.

今天身體狀況不佳。

I was not feeling well today.

頭很痛。
My head was pounding.

肩膀很痠痛。
I had bad stiff shoulders.

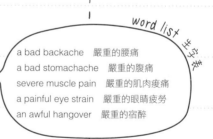

word list 抄字本

a bad backache　嚴重的腰痛
a bad stomachache　嚴重的腹痛
severe muscle pain　嚴重的肌肉痠痛
a painful eye strain　嚴重的眼睛疲勞
an awful hangover　嚴重的宿醉

今天好像有點感冒。
I had a slight cold.

好像有點發燒。
I felt feverish.

我得了流行性感冒。
I caught the flu!

我因為感冒向公司請假。
I took a day off from work with a cold.

健康美容
用語

boohoo
嗚嗚～

tough...
好痛苦……

feeling down
沮喪～

咳嗽止不住。

I couldn't stop coughing.

整天都躺在床上昏睡。

I was in bed all day.

我快要昏倒了。

I almost fainted.

☑ faint 也可以指因貧血昏倒。

我想吐。

I felt nauseous.

☑ 頭暈可改為 dizzy。

這是我第一次得花粉症。

I got hay fever for the first time.

我便秘了。

I became constipated.

☑「便秘改善了」的英文為 I relieved constipation。

我去了醫院。

I went to a hospital.

☑ 醫生自行開設的診所，可稱為「clinic」或「doctor's office」。

我去找了家庭醫生。

I saw my doctor.

我做了健康檢查。

I had a checkup.

我照了 X 光。

I had an X-ray.

word list 生字表

physician 內科醫生
surgeon 外科醫生
dermatologist 皮膚科醫生
gynecologist 婦產科醫生
ENT(ear, nose and throat) doctor
耳鼻喉科醫生
eye doctor 眼科醫生
dentist 牙科醫生

我去了公司的醫務室。

I went to the medical treatment room at work.

我去藥局拿藥。

I picked up my medicine at the pharmacy.

我的學習日記

在日記裡寫下進修或學習的記錄吧，例如開始上英文課了、
參加有興趣的課程、在職進修等等。

課程或考試名稱

不妨在筆記最上方寫上標題，
例如課程的名稱、正在準備
的考試等等，再簡單寫幾句
成果或感想。盡量選擇比較
好發揮的日子記錄。

英文課

中譯

今天上課學到了好多！
我還在臉書上PO了英文日記，
我覺得我進步了很多♪

簡單列出當天學習內容

無論是從食譜看到的，或是
聽講座聽到的單字，不妨用
英文把這些想學習的單字記
錄下來，並且在前面畫個方
格子，背好該單字就打勾。

單字複習

中譯

□可信賴的　　□猶豫、困惑
□充滿活力的　□感動
□姊妹淘聚會　□道歉
□交情很好

---

4 / Mon.

ENGLISH LESSON

I learned a lot from
today's lesson!
I posted a message in
English on Facebook.
I think I'm getting
better♪

 REVIEW OF THE WORD

□dependable　　　□be bewildered
□energetic　　　　□be moved
□girls' night out　□apologize
□buddy-buddy

10:50pm~ NHK E-TV

語言教學節目的播放時間、
教材或月刊的每月上市日
期等，這些會不斷發生的
事情，只要寫在便利貼上
即可重複使用。

The textbook : 18th of each month

可參考

・一天記事的 10 大基礎句型 ▶P.30
・心情感受相關單字 ▶P.42
・天氣 ・ 情緒 ・ 身體狀況單字插圖集 ▶P.24
・時間相關單字 ▶P.98

今天上了英文會話課。

I had an English lesson today.

今天上課學到了好多！
I learned a lot from today's lesson.

今天有點跟不上課程進度⋯⋯
I couldn't follow today's lesson...

我進步了好多～
I think I'm getting better.

課堂上（老師）出了好多作業。
They gave us a lot of homework.

我已經事前預習。
I prepared for my lesson.

我報名了電腦講座。
I applied for a computer course.

我參加了瑜珈一日課程。
I participated in a one-day Yoga lesson.

我參加了舞蹈學校的體驗課程。
I took a trial dance lesson.

我參加了研討會。

I participated in a seminar.

我和講師 A 談話了。
I was able to speak to the lecturer A.

很慶幸有機會來參加研討會。
I participated in the seminar. I'm glad!

我透過網路，搜尋在職進修研討會。
I searched career improvement seminars.

✎ Sally's notes

word list 生字表

cooking 烹飪
tea ceremony 茶道
calligraphy 書法
hula 草裙舞
pottery 陶藝
flower arrangement 花藝

☑ 「複習」可改成 reviewed ～。

I'll do it!
我可以的！

學習
用語

go for it!
加油～！

Let's try!
試試看吧！

☑ 講習會可使用「class」、「workshop」，
培訓課程可使用「training session」。

我參加了檢定。

I took a certification exam.

☑ exam 是 examination 的縮寫，檢定考試可使用 a certification exam 或 exam。

我在今天的考試中盡力了～
I did my best on today's exam.

今天的考試一定沒問題♪
Today's exam was a piece of cake ♪

☑ Piece of cake 是名詞，代表「小事一件」。

今天的考試不樂觀……
I didn't do so well on today's exam...

比想像中還要難……
It was harder than I thought...

我讀得還不夠……
I didn't study enough...

word list 生字表

~ advisor
○○顧問（職業或一般人均可）
~ counselor　○○顧問（職業）
elementary level　初級
ntermediate level　中級
advanced level　高級
first grade　1 級
pre-first grade　準 1 級

我的考試合格了！
I passed the exam!

太悔恨了！我沒通過……
How frustrating! I failed the exam...

再努力一次吧！
I'm going to study all over from the basics.

我在準備考試時非常認真。
I studied hard for the exam.

I made it!
成功了～!

學習用語

improve myself
自我提升！

我報名了下次考試。
I applied for the next exam!

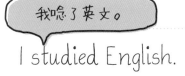

我唸了英文。

I studied English.

我背了 10 個英文單字。
I memorized 10 English words.

我看了基礎英文的電視教學節目。

I watched a TV program on basic English.

我在臉書上發表了英文文章。

I posted a message in English on Facebook.

我在推特上發表了英文文章。

I tweeted in English.

我今天學習了 1 個小時。

I studied for one hour today.

我的學習不太順利。

I didn't make good progress with my study.

我拿到了有用的參考書。

I bought a useful reference book!

我去了大學。

I went to the university.

　✔ 小學 elementary school ／
　　國中 junior high school ／
　　高中 high school

我出席了課堂。

I attended the lecture.

　✔ 若想要句子更簡短，可將課程稱為
　　「class」。補習、補課 supplementary
　　class ／研討會 seminar

我出席了社團活動。

I participated in my club.

　✔ 只有日本會將 circle 當作「社團」使用，
　　英文一般稱社團為「club」。

我寫了報告。

I wrote a paper.

　✔ 學生的論文報告一般稱為「paper」，
　　「提交報告」則為「I submitted my
　　paper」。

我為了考試整夜沒睡。

I studied all night for the exam.

我為了期末考整夜沒睡。

We had a final exam today.

　✔ 期中考 mid-term exam ／
　　補考 makeup exam

我拿到考古題了。

I got past exam questions!

我跟由美子借了筆記來影印。

Yumiko let me copy her notes.

　✔ 「我把筆記借給由美子」為 I lent
　　Yumiko my notes。

莎莉小時光 4

在日記裡加上時間，提升緊迫感

試著用英文記錄日記中的事情是何時發生，以及計畫、目標的期限、期間等，只要記下這些表達方式，就能夠應用在工作的英文信件裡。

圓夢日記特別適合寫上期限！

今天發生的事情

- □ today　今天
- □ this morning　今早
- □ in the morning　上午
- □ in the afternoon　下午
- □ this evening　今晚
- □ all day　整天
- □ until midnight　直到深夜
- □ from 8:00am to 5:00pm　8 點到 17 點

過去與未來的事情

- □ the other day　前幾天
- □ on Saturday　週六
- □ yesterday　昨天
- □ the day before yesterday　前天
- □ two days before yesterday　大前天
- □ tomorrow　明天
- □ the day after tomorrow　後天
- □ two days after tomorrow　大後天
- □ last weekend　上週末
- □ this weekend　本週末
- □ next weekend　下週末
- □ every weekend　每週末
- □ every Saturday　每週六
- □ every other day　每隔一天

計畫、目標等期限

～之前

- □ within three years　三年內
- □ by (this) May　今年五月之前
- □ by next March　明年三月之前
- □ by next month　下個月之前
- □ by next week　下週之前
- □ by the end of this month　月底之前
- □ by the end of this year　年底之前
- □ by the middle of this year　今年中旬之前
- □ by early next year　明年上旬之前
- □ by late March　三月下旬之前
- □ by 15th　十五號之前
- □ by Wednesday　週三之前
- □ by my birthday　生日之前
- □ by Christmas　聖誕節之前

～之後

- □ in three years　3 年後
- □ in half a year　半年後
- □ in one month　1 個月後

其他計畫的期間

- □ from Monday to Friday
　週一到週五之間
- □ from Dec.28 to Jan.3
　12 月 28 日～ 1 月 3 日

可參考
月份縮寫
▶P.40

PART 4

達成夢想與目標的
莎莉式圓夢日記

這是專門用來實現夢想與目標的日記，只要用 I'll ～（＝I will）這個文法，就能明確表達出自己堅定的意志，不知不覺就想動筆記錄下來。如此一來，身心自然而然地受到日記驅動，努力往圓夢之路邁進！

圓夢日記的書寫重點

接下來要介紹書寫圓夢日記訣竅，幫助各位在熟悉英文的同時，確實完成夢想、目標，並且擁有長久書寫英文日記的熱情！

反覆確認寫下的夢想與目標

POINT
1 用 I'll 寫下夢想

未來式助動詞 will，本來就有「決心」的意思，雖然中文語氣沒那麼強烈，但轉換成英文時，仍可透過「I will = I'll～」表達「我將要～」，以展現出欲實現夢想的強烈決心。要特別留意的是，will 的後方應接動詞的原形。

POINT
2 為夢想繪製邊框

夢想與目標不是寫進日記就會實現，還必須藉由反覆閱讀，使夢想與目標深深烙印在腦海裡。尤其是非常想實現的龐大夢想，不妨藉由邊框，增添它的顯眼度。請參考本書介紹的邊框，將重要的目標寫在手帳第 1 頁或每月第 1 頁。

偉大的夢想，可以寫在手帳第一頁等醒目地方，也可以拍照，設成手機、電腦的待機畫面。

中譯「絕對！」
「我要在 2 年內結婚」
「我要瘦下 5kg！」
「6 月之前」

2014 DIARY >>>

\ desinitely /

I'll get married within two years.

用可愛的邊框提升顯眼度

I'll lose 5 kilos!

by June

POINT 3 寫下階段小目標

圓夢絕竅就是：「夢要大，日常目標要小。」因此，在第一頁寫下夢想後，就必須在每個月、每週的開頭，寫下實現夢想所必須完成的各階段目標。同樣的，這些目標也並非寫下就好，必須反覆過目、確認並執行，才有機會實現夢想。

標題就寫下目標（goal）

My goal(s) of this month　本月目標
Goal(s) of this week　本週目標
※ 加上 My 的寫法比較好，多個目標，應寫成 goals。

若框格狹小，寫上各階段目標時可省略 l 們。

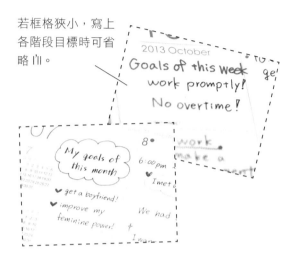

POINT 4 不斷回顧之前目標

不要把寫手帳當成嚴肅的事情，生活中想到什麼新的夢想、目標，或實踐方法，都可盡情寫上。建議在目標四周加上期限或「絕對」等字眼，以表達達成的決心。圓夢日記的重點在於，想到什麼就寫什麼，並不斷回顧曾寫過的目標，才能同時提升圓夢能力與英文能力。

夢想越多越好！
一想到就立即
寫在手帳上吧！

寫下夢想後

・反覆確認。
・唸出聲音。
・不斷補充、修正。
・在已完成的目標前面打勾，獲得成就感。

表達決心與期限的單字

absolutely / definitely　絕對地／肯定地
certainly / surely　一定／肯定
by～ / within～　～之前／～之內

可參考

時間相關單字 ▶P.98

戀愛夢想 DREAM OF LOVE

大夢想 想要交到男朋友、女朋友、或是結婚等，這些目標雖然沒辦法立刻辦到，但仍可寫下各種「近日有機會辦到」的相關事項。別忘了繪製邊框，增添目標的顯眼度，讓自己一步一步更接近夢想吧。

I'll get Mr. Right!
我要遇見真命天子。

Mr. Right 意指適合攜手一輩子的真命天子，R 必須採用大寫。

I'll have a boyfriend!
我要交男朋友！

日本談到 boyfriend 時，多半指一般男性朋友，但是英文則是指男朋友。

I'll live with him.
我要和男朋友同居。

「同居」的英文包括 live together 或較口語的 shack up。

I'll get married within three years.
我要在 3 年內結婚。

Within ～在～之內。應特別留意 in three years 代表「3 年後」。

 Sally's advice

理想條件的寫法
寫上心目中理想的條件，寫得越具體越好♪

各位理想的對象該有什麼條件呢？下列 _____ 的部分，可參考 P.52 提供的形容詞，大膽描述你的對象吧！

I'll get a _____ guy. 我要遇見 _____ 的人。
I'll get married a _____ guy. 我要和 _____ 的人結婚。

也可以參考
這些例句！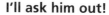

> **I'll ask him out!**
> 我要向他告白！

> **I'll make him fall for me!**
> 我要讓他愛上我！

> **I'll seriously start looking for my future husband.**
> 我要認真尋找我的未來丈夫。

> **I'll quit my job to get married!**
> 我結婚後要辭職！

> **I'll be a celebrity's wife!**
> 我要嫁給上流社會的人！

> **He'll ask me to get married.**
> 我要讓他向我求婚。

> **I'll wear a wedding gown.**
> 我要穿上婚紗。

> **I'll have an overseas wedding.**
> 我要在國外舉辦婚禮。

> **I'll buy my own house in three years.**
> 我要在三年後買房子。

I'll go to Hawaii with him.
我要和他一起去夏威夷。

如果是要去度蜜月，就在地名後
面加上 for my honeymoon。

I'll be his girlfriend!

我想成為他的女朋友！

日本談到 girlfriend 代表女性朋
友，但是英文則代表「女朋友」。
Will be 是「要成為～」的意思。

》替換單字
‧ cool　酷帥的
‧ honest　誠實的
‧ smart　聰明的
‧ funny　風趣的

可參考

人物外觀‧
個性單字
▶P.52

小目標

若想要交男朋友、結婚，事前該做些什麼呢？寫下目標後，不斷翻閱回顧，並將這些英文唸出聲音來。

☐	我要參加更多聯誼。	I'll go to mixer parties more.
☐	我要參加與興趣有關的團體。	I'll join some clubs.
☐	我要加強料理技術。	I'll become a better cook.
☐	我要提升女性魅力。	I'll improve my feminine power.
☐	我要找到他的喜好。	I'll find his favorite things.
☐	我明天要寄 e-mail（傳簡訊）給他！	I'll email (text) him tomorrow!
☐	我在研究如何成為「吸引異性的女性」。	I'll read about what the "attractive woman" is.
☐	我要轉換成跟春香家一樣的風格。	I copy Haruka's style.
☐	我要增加臉書（或推特）上的男性好友。	I'll have more male friends on Facebook (twitter).
☐	我要請朋友介紹男性朋友給我認識。	I'll ask my friend to introduce me to a man.
☐	我要報名婚友社。	I'll sign up at a matchmaking service.
☐	我要參加相親派對。	I'll join a matchmaking party.
☐	我要親手製作情人節巧克力。	I'll make chocolate on Valentine's Day.

☐	我要送他生日（或聖誕節）禮物。	**I'll give him a birthday (Christmas) present.**
☐	我要對他更加溫柔。	**I'll be nicer to him.**
☐	我要理解他的心情。	**I'll understand his feeling.**
☐	我要和他認真談談。	**I'll talk with him more seriously.**
☐	我要空出更多約會時間。	**I'll make more time for our date.**
☐	我要約他去喝飲料。	**I'll ask him to go for a drink.**
☐	我要找更多機會向他搭話。	**I'll talk to him more often.**
☐	我要買符合他喜好的衣服。	**I'll buy his favorite clothes.**
☐	我要做便當給他。	**I'll pack a lunch for him.**
☐	我要親手做料理給他吃。	**I'll cook for him.**
☐	我要打掃房間，才能夠邀請他來我家玩。	**I'll clean my room before inviting him.**

用圖片具體勾勒夢想

「想要什麼樣的婚禮？」「想住在什麼樣的家？」⋯⋯，將自己腦海中的理想，盡量具體地表現在手帳上，才能夠引發幹勁、促使行動，更接近圓夢之路。不妨剪下照片、雜誌等，將接近自己夢想、目標的圖片貼在手帳上。如果能夠採用明確的視覺效果，印象就會更加深刻，效果自然大幅提升。

工作夢想 DREAM ABOUT WORK

大夢想

想擁有什麼樣的職業、想為什麼奮鬥等等，請先為工作畫下美好的遠景。不要一開始就否定自己，先寫下來才是最重要的！

我要成為藝術家！

「我要成為～」可使用 will be 或 will become，請參考下方補充。

I'll pass my promotion exam.

我要通過升遷考試。

升遷考試為 Promotion exam，exam 是 examination 的縮寫。

我要進入 ABC 公司。

get a job at～代表「任職～公司」，corp 是 corporation 的縮寫。

I'll get the president award!

我要拿到社長獎！

the president award 代表社長獎，表揚獎金則為 cash award。

Sally's advice

理想條件的寫法

不妨寫下理想中的職業，使夢想更接近現實♪

可以用「will be」表示要成為什麼身分、地位；若要表示現在的身分，則應使用「I am a/an　　　」。

I will be a/an

也可以參考
這些例句！

I'll be posted in PR section.

我要加入公關部。

I'll be transferred to PR section.

我要被調到公關部。

I'll change my job before next year.

我要在明年之前換工作。

「～年之前」為 before ～ year；「要在年內～」為 within the year。

I'll go on a business trip to NY.

我要去紐約出差。

I'll be transferred to overseas office.

我要被外派到國外。

I'll be the top sales person in my office!

我要成為最佳業務！

計畫或目標要「達成業績目標」時，可使用「achieve sales performance」。

I'll get promoted to manager.

我要升職成主任。

I'll get a raise!

我要加薪！

I'll start my own business.

我要獨立創業。

I'll have my own cafe (shop).

我要開設咖啡店（商店），

》替換單字

- writer　作家
- singer　歌手
- dancer　舞者
- instructor　講師
- artist　藝術家／畫家
- cooking expert　料理專家
- illustrator　插畫家
- consultant　顧問

I'll make this plan a success.

我要讓我的企畫通過。

小目標

工作夢想筆記的關鍵，在於寫下工作目標、要做什麼事情等，若是要記錄學習目標，可參考 P.112~113。

☐ 我要提升（工作）技能！　　I'll improve my skills!

☐ 我要好好準備升遷考試。　　I'll study for the promotion exam.

☐ 我每週要想三份企畫。　　I'll make three business plans a week.

☐ 我要整理好資料（名片）。　　I'll organize my documents (business cards) .

☐ 我要在會議上表達自己的意見。　　I'll tell my opinion in a meeting.

☐ 我要讓簡報成功。　　My presentation will be successful.

☐ 我要開發新客戶。　　I'll get more new clients.

☐ 我一定要拿下合約。　　I'll definitely get a contract.

☐ 我要蒐集求職資訊。　　I'll get employment information.

☐ 我要參加求職研討會。　　I'll attend a seminar for job hunting.

☐ 我要學會商務禮儀。　　I'll have business manners.

☐ 我要指導田中工作訣竅。　　I'll ask Tanaka san how to work well.

☐ 我要閱讀三本商務書籍。　　I'll read three business books.

☐ 我要參加學習會（進修）。　　I'll join a workshop (training).

☐ 我要加快回信的速度。　　I'll reply to emails promptly.

☐	我要提出調動申請。	**I'll ask for a transfer to another section of the company.**
☐	我要和主管談談我想要的工作。	**I'll talk with my boss about the work I want.**
☐	我每天早上要提早 30 分鐘進公司。	**I'll get to my office 30 min. earlier than usual every morning.**
☐	我每天早上都要閱讀報紙。	**I'll read the newspaper every morning.**
☐	我要向主管展現幹勁。	**I'll make an appeal to my boss that I'm motivated.**
☐	我要與同事處得更好。	**I'll get along better with my co-workers.**
☐	我想到新點子時要馬上記下。	**I'll take a note at once when I get an idea.**
☐	我要想辦法提升工作效率。	**I'll try to increase efficiency at my work.**
☐	我要減少加班次數！	**I work less overtime!**

同場加映

將目標張貼在醒目處

如果將夢想、目標記在手帳之後就淡忘，那就失去記錄的意義。因此，建議為自己的夢想，增添奪目的邊框。一直無法達成的日常目標，不如寫在便利貼上，每翻新的一頁就貼在最顯眼的地方，這樣就能夠不斷提醒自己應達成哪些目標。

財務夢想 DREAM OF MONEY

大夢想 ⋮ 財務最基本的當然是存款，其他還有與月薪、年薪、意外收入等與金錢有關的夢想，這些都可以大大地寫在手帳上！

> I'll save five million yen!
> **我希望存到 500 萬！**

存款的英文是「save」，one million = 100 萬，其他請參照下方補充。

> I'll make ten million yen!
> **我希望年薪達到 1000 萬！**

「Make ＋金額」可表示「年薪達～元」的意思；Ten million = 1000 萬。

> I'll get a salary increase.
> **我要加薪。**

Get increase 可用來表示「提升」某數字，年收則為 annual salary。

> I'll win first prize in a lottery!
> **我想中樂透！**

無論是哪種類型的彩券，都可以翻成 lottery，first prize 為頭獎。

  Sally's advice

收入的寫法

存款或收入的目標單位為日圓「～yen」台灣使用 dollars。試著用英文寫下這些金額。

首字為小寫，當然也可直接使用羅馬數字。

- ten thousand ＝ 1 萬
- one hundred thousand ＝ 10 萬
- one million ＝ 100 萬
- ten million ＝ 1000 萬
- one hundred million ＝ 1 億
- one billion ＝ 10 億

小目標

寫下欲達到的存款目標金額，並展開具體的開源節流的計畫。

- □ 我每個月要存一萬元！ **I'll save 10,000 dollars a month!**

- □ 我不要亂花錢。 **I won't waste my money.**

- □ 我要開始定存。 **I'll start fixed-amount savings.**

- □ 我要透過加班多賺一點。 **I'll work overtime and get paid.**

- □ 我要找點副業（兼差）。 **I'll look for a side business (part-time job).**

- □ 我要做便當，以節省餐費。 **I pack a lunch and save some money.**

- □ 我要騎自行車通勤，以剩下交通費。 **I ride my bike to work and save some money.**

- □ 我要閱讀財經雜誌。 **I'll read a financial magazine.**

- □ 我要學習股票交易。 **I'll study stock transactions.**

- □ 我要透過網拍賣衣服。 **I'll sell my clothes on internet auction.**

- □ 我要買可以存 50 元硬幣的小豬撲滿。 **I'll buy a piggy bank for 50 dollars coins.**

- □ 我要開始記錄家庭收支簿。 **I'll keep my household accounts.**

- □ 我不再使用信用卡了！ **I won't use my credit card!**

- □ 我買了彩券「Jumbo（Loto6）」。 **I'll buy "Jumbo (Loto6)" lottery ticket(s).**

學習夢想 DREAM OF STUDYING

大夢想 ⋮ 設立目標與計畫，是提升學習效率的第一步，可以幫助增加學習夢想的動力。

I'll speak English fluently.
我要說一口流利英文。

fluently ＝流暢地。其他語言的英文請參考下列補充。

I'll pass a Boki 1st grade qualification.
我要通過記帳士普考。

「取得」證照、「通過」考試都可使用「pass」或「get」。

I'll get into Tokyo university.
我要考上東京大學。

參加入學考試時，多半以 get into ～代表「通過～」。「～」應填寫的是學校或機構的名稱。

I'll study abroad.
我要去國外留學。

「我要去美國的語言學校」的英文為「I'll go to the US to study English」。

Sally's advice

學習內容的寫法

手帳上，寫出想學習的語言、想考的證照等。

基本上在 I'll study ☐☐☐ 裡直接填寫受詞即可。

》可替換的單字
- Chinese　中譯
- French　法文
- Italian　義大利文

- an exam for a secretarial qualification　秘書檢定
- calligraphy　書法
- tea ceremony　茶道

小目標

除了透過補習班學習技能，平常也可透過手帳，記錄獨特的學習方法、每日作業等等。

☐ 我要去英文補習班。 **I'll go to English language school.**

☐ 我要透過國外連續劇學英文。 **I'll watch oversea dramas in English.**

☐ 我要每天寫英文日記。 **I'll keep my diary in English every day.**

☐ 我要用英文發推特。 **I'll tweet in English.**

☐ 我要透過臉書結交外國朋友。 **I'll make some foreign friends on Facebook.**

☐ 我的多益要考到 900 分以上。 **I'll score over 900 on TOEIC.**

☐ 我每天要記十個單字。 **I'll memorize 10 words per day.**

☐ 我要透過自學學習韓文。 **I'll study Korean by myself.**

☐ 我要去烹飪教室。 **I'll take cooking lessons.**

☐ 我要報名高爾夫球課程。 **I'll apply for golf lessons.**

☐ 我要參加補習班的體驗課程。 **I'll take a trial lesson.**

☐ 我每天要唸書三小時。 **I'll study three hours a day.**

☐ 我要做完練習本。 **I'll finish my workbook.**

☐ 我要蒐集留學資訊。 **I'll collect some information about studying abroad.**

美麗夢想 DREAM OF BEAUTY

大夢想

愛美的夢想沒有盡頭，不妨在手帳上寫下具體的夢想、目標，並透過美容、健康日記（P.88），記錄每天的成果。

I'll lose 5 kilos!
我要瘦 5kg！

可用 lose 表達體重減輕（變瘦），kilo(s) 只要寫成 kg 即可。

I'll have a figure like a model, A.
我要擁有 A 模的身材！

A 可以填寫任何姓名或職業。女演員 actress／名流 celebrity。

I'll be careful what to eat.
我要留意飲食內容。

可用 be careful 表達出「留意」，what to eat 則代表「吃了什麼」。

I'll get beautiful skin.
我要擁有美麗的肌膚。

美麗的肌膚以 beautiful skin 表示即可，美麗秀髮則為 beautiful hair。

- - - Sally's advice - - - - - - - - -

期限的寫法
想在何時達成目標呢？
寫下期限，可增添幹勁！

「在～之前」的期限詞句前，應填寫前置詞「by」。

I'll lose 5 kilos by March. 我要在 3 月以前瘦下 5kg。
I'll get beautiful skin by Christmas!
我要在聖誕節前擁有美麗的肌膚！

> 可參考
> 時間相關
> 單字 ▶P.98

小目標 ：

事前先決定好減肥等期限（參照 **P.114**），試著推算能力所及的目標數字。

☐ 我要戒掉零食。　　　　**I won't eat any snack foods.**

☐ 我要減少攝取糖分（碳水化合物）。　　　　**I'll take less sugar (carbohydrate).**

☐ 我晚上 9 點以後不進食。　　　　**I won't eat after 9:00pm.**

☐ 我要讓姿勢更端正。　　　　**I'll have a good posture.**

☐ 我要參加健身房。　　　　**I'll go to fitness club.**

☐ 我每天要走一萬步。　　　　**I'll walk 10,000 steps per day.**

☐ 我每天要持續運動 15 分鐘。　　　　**I'll keep doing my exercises 15 min. per day.**

☐ 我要多吃蔬菜。　　　　**I'll eat more vegetables.**

☐ 我要記錄每天吃下的東西。　　　　**I'll take a memo what I eat every day.**

☐ 嚴禁飲酒過量！　　　　**Never drink too much!**

☐ 我要購買加濕器。　　　　**I'll get a humidifier.**

☐ 我要每天敷面膜（按摩）。　　　　**I'll have a facial mask (massage) every day.**

☐ 我要去做臉部沙龍。　　　　**I'll have a facial treatment.**

☐ 我每天晚上要在 12 點前就寢。　　　　**I'll go to bed by 12 midnight.**

其他夢想 DREAM OF LOTS OF THINGS

大夢想 為了提升自己與生活品質，相信還有很多不同的夢想，不妨將所有想實現的夢想，都寫進手帳吧！

I'll start living
on my own.
我要搬出去自己住。

這裡指的是從家裡獨立，一個人生活的意思，live alone、live by myself 都可以。

I'll take a trip
to Europe.
我要去歐洲旅行。

「我要環遊世界」的英文為「I'll travel around the world」。

I'll buy a
condo.
我要買一間公寓式住宅。

condo = condominium 的縮寫，透天厝採用 house。

I'll be a
sophisticated lady.
我要成為知性美人。

sophisticated lady 代表教養極佳且有智慧的女性。

  Sally's advice

為自己打分數

寫下目標後應定期確認是否達成了，並為自己的表現打分數！

建議不要只是書面記錄目標，還可以定期自我評鑑(Self-evaluation)。試著也用英文表達評語吧！

· Perfect! Excellent!　完美！
· Cleared the goal　達成～
· OK! Pass　OK，過關！
· Good!　很好！

也可以參考
這些例句！ ▶▶▶

I'll become a new person.
我要脫胎換骨。

I'll change my life style.
我要改變生活型態。

I'll do something nice for my parents.
我要孝順父母。

I'll find what I really want to do.
我要找到真心想做的事情。

I'll develop a sense of style.
我要磨練自己的時尚品味。

I'll live abroad.
我要去國外定居。

I'll create a perfect room.
我要把房間改成理想的模樣。

I'll get a driver's license.
我要考取駕照。

I'll travel in space.
我要去外太空旅行。

I'll buy a HERMÈS bag.
我要買 HERMES 的包包。

I'll find my lifework.

我要找到畢生志業。

life work 指的是畢生的事業，
使命、天職等則用 calling。

I'll make a lot of friends.

我要交很多朋友。

想在興趣相關的社團或工作上交朋
友時，可在後方補上 from my club
／ work。

可參考
心情感受
相關單字
▶ P.42

・F (Failure)　不合格
・Try again!　重新再試！
・Think about it!　好好反省！
・Give up　放棄

小目標

容易因生活繁忙而淡忘的事情、想法等，都可以好像掛在嘴邊一樣，反覆記錄喔！

☐	我要調查一個人住的費用。	**I'll look up all the cost of living alone.**
☐	我要調查住宅資訊。	**I'll look up housing information.**
☐	我要制定旅行計畫。	**I'll make a plan for my trip.**
☐	我每週要閱讀 1 本書。	**I'll read a book every week.**
☐	我每天早上都要看新聞。	**I'll check the news every morning.**
☐	我要把手寫字練得漂亮一點。	**I'll practice good handwriting.**
☐	我要模仿偶像的生活型態。	**I'll copy the life style of my ideal person.**
☐	我要開始寫部落格。	**I'll start blogging.**
☐	我要增加更新臉書的次數。	**I'll be Facebooking more frequently.**
☐	我要和以前的朋友聯絡。	**I'll contact my old friends.**
☐	我每天都要笑著過日子。	**I'll smile every day.**
☐	我要養成説「謝謝」的習慣。	**"Thank you" will be my favorite phrase.**
☐	我要把用字遣詞磨練得更優雅。	**I'll speak politely.**
☐	我要寫出自己的優點（缺點）。	**I'll make a list of my good (bad) points.**
☐	我要挑戰新事物。	**I'll try something new.**

☐ 我要更仔細傾聽他人的話語。 **I'll listen to other people more carefully.**

☐ 我要學會稱讚自己。 **I'll say nice things about myself.**

☐ 我要製造專屬自己的時間。 **I'll make my own time.**

☐ 我要製造可以放鬆的時間。 **I'll make time to relax.**

☐ 我要找到消除壓力的方法。 **I'll find a way of reducing my stress.**

☐ 我要製造和父母聊天的機會。 **I'll make time to talk with my parents.**

☐ 我要寫信給母親。 **I'll write a letter to my mother.**

☐ 我要透過雜誌研究時尚。 **I'll read about fashion in a magazine.**

☐ 我要把家裡不用的東西丟掉。 **I'll throw out all junk.**

☐ 我要去逛傢飾店。 **I'll take a look around the interior shops.**

☐ 我每天都要使用英文。 **I'll use English every day.**

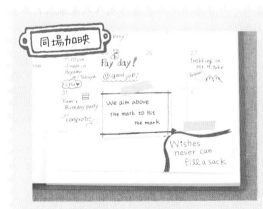

把激勵的名言寫在小卡上

不妨將看見能夠激勵自己的句子（▶P.48）、印象深刻的名言或格言（▶P.120）等，能夠振奮自己的精神、對未來感到期待的語句，統統都記錄在手帳上，或也可以寫在單字本或卡片上收集起來，打造出專屬自己的名言錄，日後可視心情選擇適當的句子，抄寫在手帳上。

為心靈打氣的英文名言・格言集

在日記裡寫下符合心情的名言、格言，如此一來，每次瀏覽時，心情就會變得很好，還能夠激勵自己，更往夢想與目標邁進。

"True love never grows old."
真愛永不朽。

"Love is being stupid together."
愛就是兩人一起變傻。
——保羅瓦雷利（Paul Valery）／法國詩人、評論家

"Gather ye rosebud while you may."
花開堪折直須折。

"Love will find a way."
愛會指引出明路。

"If you would be loved, love and be lovable."
若你希望有人愛你，就必須先學會愛人，並成為值得被愛的人。
——班傑明・富蘭克林（Benjamin Franklin）／美國政治家、作家

"It's better to have loved and lost than never to have loved at all."
愛過、痛過，勝於從未愛過（只在乎曾經擁有，不在乎天長地久）。
——阿佛烈・丁尼生（Alfred Tennyson）／英國詩人

"The door of opportunity is opened by pushing."
機會之門必須施力推才會開（機會留給有準備的人）。

"When shared, joy is doubled and sorrow halved."
分享使喜悅倍增，使悲傷減半。

Working & Learning
工作、學習

"We are what we repeatedly do."
我們重覆的行為造就了我們。
——亞里斯多德（Aristotle）／哲學家

"A problem is your chance to do your best."
問題是讓你全力以赴的機會（危機就是轉機）。
——艾靈頓公爵（Duke Ellington）／美國音樂家

"If you think you can, or you think you can't, you're right!"
你覺得你能，你就真的能
你覺得你不能，你就真的不能。
——亨利・福特（Henry Ford）／美國汽車大王

"It's never too late to learn."
活到老，學到老。

"Do the likeliest, and God will do the best."
盡人事，聽天命。

"Too much rest is rust."
過度的休息使人生鏽。

"Everything has an end."
凡事總有結局。

"He that nothing questions nothing learns."
不問就長不了學問。

"Turn your wounds into wisdom."
把你的傷痛，轉化為智慧。
——歐普拉（Oprah Winfrey）／美國演員、電視主持人兼製作人、慈善家

"The first step is always the hardest."
萬事起頭難。

Money & Success
金錢、成功

"We aim above the mark to hit the mark."
要成功就必須比他人更加努力。
——愛默生（Ralph Waldo Emerson）／
美國思想家、詩人

"NO PAIN, NO GAIN."
一分耕耘，一分收穫。

"Never spend your money before you have it."
錢到手前，切勿使用。

"Money is often lost for want of money."
貧窮經常使人損失更多的錢（往往由於缺乏金錢而喪失金錢）。

"HOPE FOR THE BEST AND PREPARE FOR THE WORST."
抱最好的希望，做最壞的準備。

"Easy come, easy go."
來得快，去得也快。

"Take care to get what you like, or you will end by liking what you get."
想辦法把喜歡的事物弄到手，
否則就只能被迫喜歡手上僅有。
——蕭伯納（George Bernard Shaw）／英國劇作家

"Wishes never can fill a sack."
願望裝不滿口袋（坐而言不如起而行）。

"Never reveal the bottom of your purse or the bottom of your mind."
錢包與心靈均不露底。

"He is rich that has few wants."
知足常樂。

Various Things in Life

各種人生場景

"Today is the first day of the rest of your life."

將每一天當作生命的最後一天。

"Life is sweet."

生活多美好。

"I find the harder I work, the more luck I have."

越努力的人越容易獲得幸運。

——湯瑪斯 · 傑弗遜（Thomas Jefferson）／
第 3 任美國總統

"When it is dark enough, you can see the stars."

黑暗襯托星芒。

——愛默生（Ralph Waldo Emerson）／
美國思想家、詩人、哲學家、作家

"Variety is the spice of life."

變化是生命的調味料。

"Keep a smile on your face till 10 o'clock and it will stay there all day."

保持笑容直至十點，就能快樂一整天。

——道格拉斯 · 費爾班克斯（Douglas Fairbanks）／
美國演員

"The time to relax is when you don't have time for it."

沒有時間休息的時候，
就代表你該休息了。

——席德尼 · 哈利斯（Sydney J. Harris）／美國作家

"After night comes the day."

否極泰來。

"Life is what you make it."

人生由你打造。

"So many men, so many minds."

人心不同，各如其面。

生活隨手「寫」英文，
程度大躍進！

　　除了在手帳寫英文日記，生活中可以「寫」英文的機會還很多。本單元介紹各種不同的場景，很適合運用前面介紹過的例句，將簡單的英文融入生活中。

中譯
（卡片的順序由上至下）
「我很高興能夠見到你。」
「恭喜你！完成了你的目標！」
「感謝你的體貼。」
「謝謝你考慮到我。」

訊息小卡
Message Cards

試著在感謝、祝賀的小卡片裡，寫下英文的祝福，P.132 起介紹各種不同狀況的範例。

可參考

・小卡書寫範例 ▶P.132

中譯

致健次

你最近過得如何？

我過得很好。

我前幾天和由美子去京都住了1晚。

轉眼間兩天就過了～

旅途太開心了，讓我們樂不思蜀。

真希望哪天也能和你一起去。

我很期待下次見面！

要注意身體喔，先這樣囉！

美穗筆

親友書信
Letters to Friends

寫信給住在國外的朋友、喜歡英文的朋
友時，很適合以寫日記的方式，寫出口
語化親切自然的書信。信封地址的寫法
請參考 P.130。

可參考

・英文書信範例 ▶P.130

可參考
・月曆型手帳的書寫原則 ▶P.14
・心情感受相關單字 ▶P.42

月曆
Calendar

月曆和手帳一樣，都很適合用來每天練習一點英文，因此，不妨用英文在月曆上寫下計畫、感想吧！

中譯

cleaning 打掃
skin clinic 皮膚科
trip to a hot spring 溫泉旅行
I fell asleep… 我不小心睡著了…
clap 啪啪（拍手）
I was so moved！ 超感動！
payday 發薪日
girls' night out 姊妹淘之夜
pit-a-pat 心跳加快～
ward office 區公所

可參考

・心情感受相關單字 ▶P.42

相簿
Photo Book

在喜歡的照片上寫下簡單的英文感想後，再收進相簿裡，即可打造出每次翻閱都能重溫愉悅心情的獨特相簿！

中譯

（照片的順序由上至下、從左到右）
「我的最愛」
「20歲生日快樂！最喜歡你了！」
「下雨天」
「好開心！」
「和朋友在家喝酒。真美味。」

可參考
・依場景分類的 3 行小日記 ▶P.57

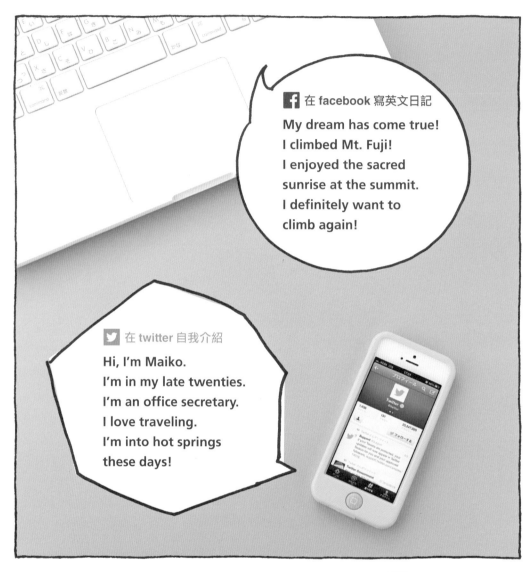

在 facebook 寫英文日記

My dream has come true!
I climbed Mt. Fuji!
I enjoyed the sacred
sunrise at the summit.
I definitely want to
climb again!

在 twitter 自我介紹

Hi, I'm Maiko.
I'm in my late twenties.
I'm an office secretary.
I love traveling.
I'm into hot springs
these days!

社群網站文章 SNS

臉書、推特等國外的社群網站，很適合
用來練習英文。不僅可寫英文日記，還
有機會可以結交到外國朋友。

facebook:
我終於爬上念茲在茲的富士山
了！
還在山頂上看了日出。
我改天絕對要再來！

twitter:
大家好，我是麻衣子。
是個不到25歲的OL。
我最喜歡旅行了。
最近更迷上了溫泉呢！

中譯

可以直接套用！

英文書信 & 小卡書寫範例

　　要不要試著藉簡單的英文寫信或卡片呢？接下來介紹的英文訊息、插圖範例，均可直接套用在表達感謝、祝賀、各季節問候等情境，標有「換句話說」的部分，都能夠運用在各式各樣的小卡上！

寄信到國外

Writing Air Mail

只要事先了解信封書寫方式，即可寄信或卡片給住在國外或喜歡英文的朋友，試著應用寫英文日記的技巧，告訴朋友自己最近過得如何，盡情揮灑創意吧～

信封寫法

▶ 信封袋

右上貼上本國郵票。

中間以橫書填寫收件人的姓名與地址，並在收件人姓名前加上 Mr.（男性）或 Ms.（女性）等尊稱。

地址書寫順序…門牌號碼／弄、巷、路街名稱／鄉鎮／縣市／郵遞區號／國名。

左上（有時會寫在信封背面上方）以橫書寫下寄件人的姓名／地址。

寄航空郵件時必須寫上 AIR MAIL。

收件地址的國名要使用大寫。

▶ 明信片

基本寫法與信封相同，左側寫上內文，右側中央寫上收件人的姓名與地址、寄件人的姓名與地址則寫在右上郵票旁，或是內文的下方。字型要小於收件人。

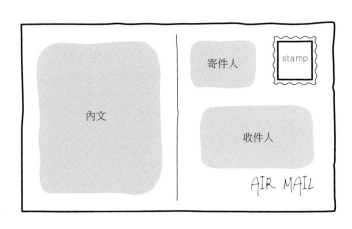

寄信給親朋好友

Oct. 15, 2013

Dear Jane,

Hello, Jane.
How have you been?
I've been doing well!

.
.
.
.

I look forward to seeing you again.
Keep in touch.

Love,

Sally Kanbayashi

可隨心情決定要不要附上日期。

將 Dear ＋名字寫在最上方後，寫上逗號。

面對親朋好友時，內文的開頭語可使用 Hello、Hi 等較輕鬆的問候語，接下來即可自由發揮，只要將長度控制在適合閱讀即可。

寫給好友的常見用語

下列範例依序是「嗨。」「我是莎莉！」「哈囉朋友」「你好嗎？」都是適合用在朋友身上的輕鬆用語。
Dear 是很平常的用法，無論是親朋好友或正式場合都通用，所以固定使用 Dear 就能安心。

Hi, there!
Hey. It's me, Sally!
Hello my friend.
How are you doing?

中譯
致 Jane
哈囉，你好嗎？
我也一如既往過得很好！
（略）
期待和你再會的日子喔！
保持聯絡。
愛你的
小林莎莉

結尾語（本篇的 Love）靠右，寫上逗號、換行，並在下方簽名。

結尾語的常見用語

右側是英文常見的結尾敬辭，寫信給親近的人時，可以藉「Love,」表達「愛你的～」。寫信給朋友、戀人時，也可在自己的名字後方補上 xoxo，代表「親吻＆擁抱」。

Sincerely,
Sincerely yours,
Yours always,
All the best,
Yours,
Yours as ever,
Love,
Your friend,

感謝小卡
Thank you card

◆◆◆◆◆◆

寫張「感謝小卡」給送自己禮物、照顧自己的人吧！以英文寫上標題、簡單的訊息，讓收到「感謝小卡」的人也能覺得很新鮮。

中譯｜非常感謝你！

換句話說

Thank you very much.
真的非常感謝你。（更有禮貌）

Thanks a lot!
謝啦！

中譯｜感謝你的費心

換句話說

I really appreciate your kindness.
感謝您的費心（更有禮貌）。

Warm Thanks.
由衷感謝。

中譯｜謝謝你支持我。

中譯｜我滿懷愛意感謝你。

中譯｜謝謝你讓我這麼開心♥

中譯｜謝謝你邀請我。

中譯｜各方面都很感謝你！

中譯｜我愛死你的笑容了。

附在禮物上的短句

送禮、回禮、歸還物品時，不妨附上一張小卡片，表達你的感謝。

中譯｜請收下！
（送給親朋好友的婚禮小物）

換句話說

For you with love.
我滿懷愛意送這份禮物給你。

To my best friend, Sally.
致我最重要的朋友，莎莉筆。

生日卡片
Birthday card

不管是附在生日禮物的卡片，還是僅有卡片而已，加上幾句簡單的英文祝賀語，就能大幅提升時尚感，還可向對方傳遞自己特別的心意。

中譯 | 祝你生日快樂。要好好享受這特別的一天。

▶ **字體範例**

Happy Birthday   Enjoy the special day

Happy Birthday   Enjoy the special day

Have a great birthday!
祝你有個美好的生日。

Count your many blessings, when counting candles on your cake.
蛋糕上的蠟燭數量，代表著我對你的無數祝福。

Best wishes for your 20th birthday!
祝你 20 歲生日快樂！
（祝親朋好友生日時，想刻意強調年紀時的用法。）

Filled with joy that never ends.
希望你能夠永遠開心。

萬聖節卡片
Happy Halloween card

10月31日的晚上是萬聖節，在卡片寫下「Trick or Treat（不給糖就搗蛋）」這句話，彷彿聽到孩童們挨家挨戶的喊叫聲，增添趣味性。

中譯｜萬聖節快樂！
　　｜好好享受「不給糖就搗蛋」吧♪

換句話說

Ghost wants to wish you a happy Halloween!
連鬼魂也祝你萬聖節快樂～

I am hoping you have a great Halloween. Stay safe!
祝你有個快樂的萬聖節，注意安全喔！

情人節卡片
St. Valentine's day card

這是一個男女朋友會互相送卡片，表達平日的愛意與感謝的日子。用英文表達自己的愛意吧！

中譯｜情人節快樂！
　　｜要永遠和我在一起喔。

換句話說

I always think about you. Today, let me try to say...I like you very much!
我總是想著你，請容許我在這天大聲說出……我非常喜歡你！

Your love makes my life so much more interesting and fulfilling.
你的愛讓我的生命更富足。

135

聖誕節 &
新年卡片

Christmas & New Year card

歐美的聖誕卡意義，等同於台灣的賀年卡。
寫聖誕卡時不妨一起祝賀新年，試著寄出一
張帶有歐美風格的賀年卡吧！

中譯｜聖誕節快樂&新年快樂！享受你的假期吧！

中譯｜季節的問候
　　｜祝你聖誕節快樂以及新年快樂！

I wish you a Merry Christmas and a Happy New Year.
祝你有個美好的聖誕節與新年。(更有禮貌)

Blessings, love, and peace to you this Christmas.
祝你今年聖誕節滿有祝福、愛與平安。

May the New Year bring you smiles and happiness!
希望新的一年,能夠為你帶來笑容與幸福!

Hoping you are surrounded by love and warmth this holiday season.
希望你擁有充滿愛與溫暖的寒假。

派對邀請函

想透過邀請函確認出席與否時,應填寫 R.S.V.P(請回信的縮寫)。例如:「12 月 15 日前告知莎莉是否出席」可寫成「R.S.V.P to Sally by Dec.15」。

You're invited to our Christmas Party!

☆ Date : Dec. 23
☆ Time : 7:00 p.m. ~
☆ Place : Sally's Residence

中譯 |
歡迎你參加我的聖誕派對。
日期:12 月 23 日
時間:晚上 7:00
地點:莎莉的家

換句話說

You're invited to Yumi's birthday party.
歡迎你參加 Yumi 的生日派對。

You're invited to our year-end party.
歡迎你參加尾牙派對。

You're invited to our New Year's party.
歡迎你參加新年派對。

結婚祝賀
Wedding card

 歐美有女士優先的文化,因此要以英文寫上「新郎新娘」時,應留意 Bride（新娘）應寫在 Groom（新郎）前面。

Congraturations on your wedding!
For the Bride and Groom with Best Wishes.

中譯｜恭喜你們結婚!在此向新郎新娘致上誠摯的祝福。

換句話說

Finally, you've found Mr.Right!
妳終於找到了真命天子!

Thank you for letting us be part of your special day.
感謝你讓我們參與這麼特別的日子。(※ 準備出席結婚典禮時。)

生產祝賀
New baby card

 小生命的誕生,是人生中非常特別的事情。因此不妨在這時,用卡片寫下帶點幽默感的賀詞,鼓勵喜獲麟兒的父母吧!

Congratulations on the arrival of the Baby!
May your new baby boy (baby girl) bring you love and joy

中譯｜恭喜嬰兒順利誕生!
祝福令郎（令媛）充滿愛與喜悅。

換句話說

Your life will never be the same, but you will love the change.
你的人生回不去從前了,但我相信你會愛死這種改變。

Looking forward to meeting him (her) soon.
我很期待見到寶寶。(男孩子用 him,女孩子用 her。)

喬遷祝賀
New home card

搬家代表令人期待的新生活開端。當朋友邀請你前往新家時，不妨帶著小禮物與賀卡，大幅提升慶祝的喜悅感！

Enjoy your new home!

I wish visit you more often!

中譯｜好好享受新家吧！
我以後也會常常去拜訪！

換句話說

Congratulations on your new home!
恭喜喬遷！

Best wishes in your new house (apartment).
祝喬遷順利。

就職祝賀
Congratulations on your new job card

不管是剛畢業求職或是換工作，只要是新工作都可以使用「new job」。對他人的工作新里程獻上祝福小卡，這份心意肯定會令對方印象深刻。

Congratulations on your new job!

Your new job needs you!

中譯｜恭喜你找到工作（轉換跑道）！
你的新工作需要你！

換句話說

Good luck with your new job!
到新的工作環境要加油喔！

A new job is like a blank book and you are the author.
新工作就像一本空白的書，而你就是作家。

動詞單字索引
（依筆畫排序）

以下是在本書出現過的單字，依筆畫順排列，並同時列出各單字的現在式與過去式。歡迎善用索引，查閱想知道、需要的單字！

中文	現在式	過去式	頁碼
1 ～ 5 劃			
工作	work	worked	P60
不合格	fail	failed	P96
分手	break up	broke up	P68
升遷	get promoted	got promoted	P72
支付	pay	paid	P76
出門	go out	went out	P62
加入（社團等）	join	joined	P87
加班	work overtime	worked overtime	P70.111
加薪	get a raise	got a raise	P107
去健行	go walking	went walking	P59
去散步	go for a walk	went for a walk	P58.59
去聯誼	go to a mixer	went to a mixer	P69
打掃	clean	cleaned	P62.105
打電話	call	called	P36
打網球	play tennis	played tennis	P87
甩掉（戀人）	dump	dumped	P68
申請	sign up	signed up	P104
6 ～ 10 劃			
丟棄	throw out	threw out	P119
交朋友	make a friend	made a friend	P79.113.117
吃午餐	have lunch	had lunch	P79
同居	live together	lived together	P102
好的	say yes	said yes	P66
好笑的	laugh	laughed	P42
存錢	save	saved	P75.110.111
成為～	become	became	P104.117
早起	wake up early	woke up early	P58
考上（學校等）	get into	got into	P112
住兩晚	stay for two nights	stayed for two nights	P83
努力學習	study hard	studied hard	P96
囤貨	stock up on	stocked up on	P63
完成	finish	finished	P39
忘記	forget	forgot	P60
找工作	job-hunt	job-hunted	P73
求婚	propose	proposed	P69
走路	walk	walked	P115
享受	enjoy	enjoyed	P65
使用	use	used	P111

中文	現在式	過去式	頁碼
到國外留學	study abroad	studied abroad	P112
制定計畫	make a plan	made a plan	P118
取得（證照等）	pass	passed	P112
定期前往～	go to	went to	P113.115
居住	live	lived	P102.117
放棄	give up	gave up	P117
欣賞、觀賞	watch	watched	P33.62.97.113
泡溫泉	take a hot spring	took a hot spring	P82
玩遊戲	play games	played games	P60
玩樂	play	played	P85.86
玩臉書	be Facebooking	was/were Facebooking	P118
花費太多（金錢等）	spend too much	spent too much	P77
保持	keep	kept	P88
保濕	moisturize	moisturized	P90
前往	go	went	P30.63.103.104
咬	bite	bit	P85
拜訪	visit	visited	P73
持續做～	keep doing	kept doing	P115
染上感冒	catch the flu	caught the flu	P92
洗	wash	washed	P90
看見	see	saw	P33
穿	wear	wore	P103
約會	have a date	had a date	P37.65
背誦	memorize	memorized	P96.113
重做	try again	tried again	P117
食用	have/eat	had/eat	P32.61.86.115
哭泣	cry	cried	P60.80
旅行	travel	traveled	P117
旅行	take a trip	took a trip	P83.116
書寫	write	wrote	P97
浪費錢	waste money	wasted money	P76.111
消除	relieve	relieved	P93
烤（麵包等）	bake	baked	P83.84
能夠	make it	made it	P43
記錄	take a memo	took a memo	P115

11 ～ 15 劃

中文	現在式	過去式	頁碼
做～	do	did	P58.59
做伸展運動	stretch	stretched	P89
做便當	pack a lunch	packed a lunch	P105
做筆記	take a note	took a note	P109
做菜	cook	cooked	P61.105
參加	participate	participated	P95
參加、出席	attend	attended	P108
參與	join	joined	P73.104.108
唱歌	sing	sang	P80

中文	現在式	過去式	頁碼
寄 e-mail	mail/email	mailed/emailed	P36.104
得到	get	got	P69.97.114.115
得到、收到	receive	received	P75
得到～的工作	get a job at ～	got a job at ～	P106
接受考試	take an exam	took an exam	P96
接受按摩	get a massage	got a massage	P90
接受健康檢查	have a checkup	had a checkup	P93
清爽	feel good	felt good	P58
理解	understand	understood	P105
聊天	chat	chatted	P60
處得很好	hit it off	hit it off	P69
通過（考試等）	pass	passed	P106
造訪	pay a visit	paid a visit	P83
喝太多	drink too much	drank too much	P80
喝茶	have tea	had tea	P63
喝醉	get drunk	got drunk	P80
尋找	find	found	P104.117.119
尋找～	look for ～	looker for ～	P111
就寢	go to bed	went to bed	P60.115
登高／攀爬	climb	climbed	P86
發推特	tweet	tweeted	P97.113
發誓	swear	swore	P67
結婚	get married	got married	P102.103
超過	exceed	exceeded	P89
跑步	run	ran	P86.87.89
進入	enter	entered	P87
進步	improve	improved	P87.108
開始	start	started	P74.111.116.118
飲用	drink	drank	P80.115
傳簡訊	text	texted	P65
傷害	get hurt	got hurt	P42
感動	be moved	was/were moved	P43.80
搭新幹線	get on Shinkansen	got on Shinkansen	P73
節省	save	saved	P111
跳舞	dance	danced	P89
遇見	meet	met	P31
運動	exercise	exercised	P89
嘗試／挑戰	try	tried	P82.109.118
瘋狂	freak out	freaked out	P84
睡午覺	have a nap	had a nap	P62
睡著	fall asleep	fell asleep	P51.60
睡覺	sleep	slept	P60

中文	現在式	過去式	頁碼
稱讚	say nice	said nice	P119
蒐集（資訊等）	collect	collected	P113
製造	make	made	P61.83.104
說	talk	talked	P105
說得太過火	go too far	went too far	P67
敷面膜	have a mask	had a mask	P115
模仿	copy	copied	P104.118
熬夜	stay up late	stayed up late	P60
確認	check	checked	P118
練習	practice	practiced	P87.118
調整時間（以配合～）	make time	made time	P105.119
談戀愛	fall in love	fell in love	P45
銷售	sell	sold	P77.111
閱讀	read	read	P58.108.109.111.118.119

16 ～劃

中文	現在式	過去式	頁碼
學習	study	studied	P96.108.111.113
學習	learn	learned	P48.94
整理	organize	organized	P108
整頓	rearrange	rearranged	P62
磨練（品味等）	develop	developed	P117
諮詢	talk	talked	P109
遲到	be late	was/were late	P59
醒來	wake up	woke up	P47
檢索	search	searched	P95
獲得（分數等）	score	scored	P113
聯絡	contact	contacted	P118
舉辦結婚典禮	have a wedding	had a wedding	P103
講（英文等）	speak	spoke	P112.118
賺錢	make money	made money	P76
購買	buy	bought	P35.61.73.103.105.111.116.117
邂逅	meet	met	P64
點餐	order	ordered	P61
翹掉	skip	skipped	P59.87.89
騎（自行車等）	ride	rode	P111
攜帶／帶來	bring	brought	P77
露營	have a camp	had a camp	P86
聽見	listen	listened	P34.119
聽聞	hear	heard	P34

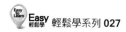
輕鬆學系列 027

每天 3 行，寫小日記練出好英文：

天天寫短句，訓練用「英文思考」的大腦，程度突飛猛進！
英語で手帳にちょこっと日記を書こう

作　　　者	神林莎莉
譯　　　者	黃筱涵
總 編 輯	何玉美
副總編輯	陳永芬
責任編輯	鄒秀怡
封面設計	徐小碧
內文排版	果實文化設計工作室
日方團隊	編輯／山﨑さちこ、堀井明日香（シェルト＊ゴ）
	設計／いわながさとこ
	插畫／やのひろこ
	攝影／田中庸介（アフロ）
	美術設計／伊藤みき（tricko）
	校對／くすのき舍

出版發行	采實出版集團
行銷企劃	黃文慧・鍾惠鈞・陳詩婷
業務發行	張世明・楊筱薔・鍾承達・沈書寧
會計行政	王雅蕙・李韶婉
法律顧問	第一國際法律事務所　余淑杏律師
電子信箱	acme@acmebook.com.tw
采實粉絲團	http://www.facebook.com/acmebook

ＩＳＢＮ	978-986-93181-5-0
定　　　價	320 元
初版一刷	105 年 8 月
劃撥帳號	50148859
劃撥戶名	采實文化事業股份有限公司
	104 台北市中山區建國北路二段 92 號 9 樓
	電話：(02)2518-5198
	傳真：(02)2518-2098

國家圖書館出版品預行編目資料

每天3行，寫小日記練出好英文／神林莎莉著；黃筱
涵譯 .-- 初版 .-- 臺北市：采實文化，民 105.08
　面；　公分
譯自：英語で手帳にちょこっと日記を書こう
ISBN 978-986-93181-5-0(平裝)

1. 英語 2. 學習方法

805.1　　　　　　　　　　　　　　105009511

EIGO DE TECHO NI CHOKOTTO NIKKI WO KAKOU by Sally Kanbayashi
Copyright © Sally Kanbayashi, 2013
All rights reserved.
Original Japanese edition published by Nagaokashoten, LTD.

Traditional Chinese translation copyright © 2016 by ACME PUBLISHING Ltd.
This Traditional Chinese edition published by arrangement with Nagaokashoten, LTD., Tokyo
through HonnoKizuna, Inc., Tokyo, and Future View Technology Ltd.

采實出版集團
ACME PUBLISHING GROUP